なんやかんや日記

京都と猫と本のこと

武田綾乃

小学館

なんやかんや日記

京都と猫と本のこと

はじめに

どうもはじめまして。或《ある》いは、いつも応援ありがとうございます。

書き始めの最初の一文というのは、いつもすごく悩んでしまう。特にエッセイというのは小説の書き始めよりも書き手の自我が出ていて、なんだかこそばゆい感じがする。本当は素知らぬ顔をして、さらっとお洒落なことを書きたい。私のことなどお気になさらず……とさっさと本文に入ってしまいたい。しかしながらそういうわけにもいかないので、まずは自己紹介がてら武田綾乃について書きたいと思う。

私は二十歳《はたち》の時に作家デビューした。なんとこのエッセイ本が出る頃には作家デビュー十周年を迎える。京都の宇治《うじ》で生まれ育ち、宇治で生涯を終える気満々だったのに、流れに身を任せてなんとなく生きていたら何故《なぜ》だか上京することになっていた。

大学生作家とちやほやされた期間はとっくに過ぎ、気付けば三十だ。その割に、大した社会経験を積んだわけでもなく、運よく得られた仕事に生活の大半の時間を費やし、ダラダラと生きている。実際問題どうなんだろうなー、こういう人生って。などと考えたりもしつつ、大学を卒業して上京してからは猫に会うために三か月に一度は実家のある宇治に帰っていた。お気に入りの茶屋で京番茶とほうじ茶をしこたま買い込み、また東京で働く日々が続いている。

そんなタイミングで、このエッセイの依頼を受けた。エッセイ連載の仕事はこれが初めてだ。第一回のエッセイを書いた時、私は二十七歳だった。堂々とアラサーを名乗れる年齢となり、人生にも大きな変化があった。そうした身の回りにあった些細《ささい》なあれこれを徒《つれ》然《づれ》なるままに書いたのがこの本だ。

内容は色々だが、大体は京都と食べ物と猫と本についての話をしている。好きなもののことばかり書いているので実になるような話はあまりない。お茶でも片手に、のんびりとくつろぎながら読んでもらえると嬉《うれ》しい。

目次

第一章…………京都と食べもんとちょっとした話

幸福を呼ぶ猫

実は前々からエッセイ連載を始めたら絶対に書こうと決めていたことが一つある。実家で飼っている猫たちのことだ。現在飼っている猫はマンチカンの「ムタ」。ムタはアホみたいに身体《からだ》が長い。とにかく伸びる。抱っこしていたらちょっとでかめのサコッシュみたいに見える。

そんなムタの前に飼っていた先代の猫が、アメリカンショートヘアの「バロン」だ。アメリカンショートヘアです！　と言い張るような顔つきをしていたが、毛の色的にそこら辺のトラ猫とほとんど大差なかった。丸まっていると巨大なナメクジみたいな柄をしていて、飼い主的にはそういうところも可愛《かわい》かった。というか、猫は生きているだけでなんでも可愛い。

我が家でのバロンのあだ名は、文豪の猫だ。母親が勝手に言い出した。確かに、「吾輩《わがはい》は猫である」なんて言いたげなふてぶてしい顔をしていた。

バロンは私が京都の実家に住んでいた頃に飼っていた猫で、一緒にいる時間が長かった。

大学卒業後に東京で暮らすと決めた際、最大の心残りがこのバロンだった。大学生時代はコタツにノートパソコンという絶対に腰をやられる執筆スタイルで仕事をしていたのだが、その際にバロンはよくキーボードの上で寝っ転がって私の邪魔をしていた。徹夜で仕事をしていた時も、締め切り前で半泣きになりながらキーボードを叩《たた》いていた時も、バロンはいつも私に寄り添ってくれていた。私にとって、大事な家族だ。

さて、そんなバロンを飼っていた時から月日は流れ、現在、実家には猫が二匹いる。先ほど書いたマンチカンの「ムタ」と、さび猫の「ナナ」だ。年は大体二歳差ほどあり、ムタの方が先住猫だ。

「ムタ」という名前はジブリ映画『耳をすませば』『猫の恩返し』に登場するムタからとった。身体が大きく、ちょっとぽっちゃりしていたからだ。前に飼っていた「バロン」も同じ映画からとっている。家族全員ジブリが好きなので、我が家ではジブリ映画のキャラクターからペットの名前を付けることが多かった。

だが、「ナナ」だけは由来が違う。母親の「なんか七色に光ってて、幸福を呼びそうな毛色やな！」という印象から付けられた。

元・野良猫のナナを飼うことになったのは、母の通う美容院に猫の保護活動を行っている方がいたのがきっかけだった。里親を探しており、我が家で引き取ることとなったのだ。

さび猫というのは黒色と茶色（たまに金色）が不規則に入り混じった柄をしている。この茶色の要素が多いと「べっこう猫」と呼ばれるみたいで、その呼び名にピッタリな独特な風合いをしている。私としては、日本画の絵の具セットから飛び出してきたような見た目をしていて非常に美しいと思っている。

　オス猫のムタは人懐っこい性格をしていて、全くといっていいほど人見知りをしない。来客があると自分から進んで寄っていき、構って構ってとじゃれてくる。逆に、ナナはメス猫で警戒心がひときわ強い。さらに運動神経も非常に良いので、来客があるとピャーッと目にも留まらぬ速さで隠れてしまう。

　特に、ナナにとって男の人は天敵らしく、気配を感じると警戒を解かない。そのため実家で一緒に住んでいるはずの弟の前にもしばらく姿を現さなかった。どうやら声に反応しているらしく、電話から低い声が聞こえるだけで家具の裏などに隠れてしまう。弟がナナに触《さわ》れるようになったのは、ナナが実家にやって来て一年程経《た》ってからだ。構ってくれない猫じゃらしを振ってみたり、ちゅ～るをあげたりという涙ぐましい努力の成果らしい。

　私も時々実家に帰るが、ナナに会うには根気がいる。一晩は絶対に姿を現さないので、諦めてお客さん用の布団で寝る。そうすると真夜中にゴソゴソと音がするので薄目を開けて様子を窺《うかが》うと、ナナがこーっそりと私の足元を歩いていたりする。「このツンデレめ～！」と思ったりするが、ここで起き上がったりするとすぐさま逃げ出すのが分かっているので、私はじっと耐える。そうこうするうちにナナは私に気を許し、翌朝ぐらいから一緒に過ごすことを許してくれるようになる。

――が、東京に戻ると私のことなどすっかり記憶から抜け落ちるらしく、帰省する度にナナは再び顔を見せてくれなくなる。一方、ムタはというと私が玄関に入った途端にお尻をフリフリと揺らして機嫌良さそうに擦り寄って来る。塩対応も神対応もバッチリだ。猫という生き物は、どんな対応をしようが可愛いものなのである。


ナナの人間への警戒心はともかく、猫二匹はずっと仲が良い。しかし、最初に保護猫を引き取らないかという相談を受けた時は不安もあった。先住猫のムタとの相性が悪いと可《か》哀想《わいそう》だからだ。それでも引き取ってみようかと思ったのは、飼い主不在時のムタが心配だったという理由もあった。

分離不安症、というものがある。猫以外にも犬などのペット、さらには人間にだって同様の症状が出る。分離不安とは書いて字の如《ごと》く、分離することに不安を覚える現象だ。飼い主や保護者と離れることに強いストレスを覚え、体調を崩してしまう。

ムタはこの分離不安が非常に強く、家に人がいないとご飯を食べず、トイレもしない時があった。甘えん坊な性格は可愛いが、このままでは大きな病気になってしまうかもしれない。心配になった母たちは色々と対策を練った。家から出たことがバレないように一日中テレビをつけたり、電気をつけっぱなしにしたり。そのおかげで多少は症状が改善されたが、それでも完全に治ったというわけではなかった。

そんな時に、保護猫の話を受けたのである。ナナはまだ子猫で小さかったが、とにかく元気いっぱいだった。とりあえずムタと会わせてみようということで、家の一室をナナ専用の空間とし、まずはケージ越しにムタと会わせた。そして時間が経ち、互いが良い感じになったところでナナをケージから出してみた。ムタは新しい仲間に大喜びだった。そしてナナはというと、一回り身体の大きなムタを親のような存在だと認識したらしく、ムタにずっとついて回るようになった。どうやらうまくやれそうだ。ほっとした私たちは、ナナをムタと共に家で飼うことに決めた。

その後、ナナのおかげで張り合いが出たのか、ムタの分離不安症はすっかり解消された。今では人間が家にいない時でもモリモリとご飯を食べ、ぐっすり寝ている。非常に幸せそうである。ナナはムタにとって、幸福を呼ぶ猫だったというワケだ。

今、実家は猫用にリフォームをし終えたので、リビングの壁にはキャットウォークが付いている。本当に使うのか？　とリフォームする時は半信半疑だったのだが、完成した途端に猫たちは喜び勇んで壁に付いたステップ台を跳び上がっていた。リビングにいる人間を見下ろしている猫たちは、非常に満足そうな表情をしている。猫様が幸せなら自分たちも幸せです～！　と割と真剣に思うのは、猫飼いなら大いに共感するところだろう。
まだ若い二匹の猫が、健やかに長生きしてくれることを願うばかりである。

流行《はや》って欲しいなぁと思うもの

お茶を飲むのが好きだ。特に京番茶。やかんにたっぷりの葉を入れ、水と一緒にぐつぐつつと煮る。熱々のままでもいいが、冷やして飲んでも美味《おい》しい。口に含んだ瞬間、香ばしい匂いが喉の奥辺りに一瞬で広がって幸せな気持ちになる。

自分の生まれ育った町が宇治だったため、お茶はとにかく身近な存在だった。小学校の横には茶畑があって毎年茶摘み体験をさせられていたし、小学校の蛇口をひねるとお茶が出た。生まれてからずっとそれが当たり前だと思っていたものだから、宇治以外の学校ではそうじゃないと聞いた時にはとても驚いた。その後、京都市内の高校に通い、京都市内の大学に進学した頃にはすっかり普通の学園生活となっていたので、自分の生まれ育った環境を意識することは特になくなった――はずだったのだが、東京に来て如何《いか》に自分がお茶に囲まれて生きていたのかを自覚する羽目になった。

私が東京のスーパーに行くようになって最も困ったこと、それは並んでいるお茶の種類の少なさだ。いや、紅茶などの取り揃《そろ》えは多いのだけれど、例えば緑茶だけ、ほうじ茶だけ、京番茶だけ、とお茶を限定させると選択肢があまりない。というか、そもそも京番茶がない。

私が番茶と呼ぶのだと信じていたものが京都特有のもので、「京番茶」と呼ぶということも東京に来てから初めて知った。Wikiで調べると、番茶とは「市場流通品では規格外、低級品のお茶を指す」と出てくる。要は普段使い用のお茶ということだ。地方によって色なども違うらしく、京番茶の場合は葉をそのまま炒《い》って作る。非常に強いスモーキーな香りが特徴で、一度飲むとやみつきになる。地元では皆、袋に入った京番茶を買って使う。袋の中には落ち葉のような見た目をした茶葉が詰まっていて、開けた途端に京番茶特有の濃い匂いがする。私はこの匂いが大好きだ。

　私はほうじ茶も好きなのだが、この二つの違いは強火で焙《ほう》じているかどうかだ。最近はほうじ茶スイーツが増えてきて、コンビニやスーパーでもほうじ茶味のお菓子が食べられる。なんて良い時代だ、とほうじ茶スイーツを買い込みながらしみじみ思う。昔はほうじ茶のお菓子は限られていたから、中村藤吉本店《なかむらとうきちほんてん》に行ってはほうじ茶ゼリーを買い、伊藤《いとう》久右衛門《きゅうえもん》に行ってはほうじ茶のガトーショコラを買っていた。今でも地元でお茶やお茶のスイーツを買いに行く時はどちらかの店に足を運んでしまう。特にほうじ茶は通販で取り寄せてでも伊藤久右衛門で買う。袋を開けた瞬間の、あの匂いが好きなのだ。

　ほうじ茶スイーツの勢いはどんどん増していて、東京でも色々と買えるようになってきた。この調子で、今度は京番茶スイーツが流行って欲しいと密《ひそ》かに思っている。

一緒に住める人、住めない人

「響け！　ユーフォニアム」のアニメが放送されていた二〇一五年、私は人生の岐路に立たされていた。そう、就職活動である。自分の小説がアニメ化したら専業作家になっても問題ないだろうという気持ちと、いやいや人生そんなに上手《うま》くいかないよという気持ちに悩みに悩まされ、私は何度も東京に足を運んでは色々な会社の人に相談させてもらっていた。

そんな中、「じゃ、私もせっかくだし東京観光する！」と言って一緒に東京と京都を行き来していたのが同じ大学の同じ学科の同じゼミに所属するNちゃんだった。単なる友達だったNちゃんとまさか三年間もルームシェアをすることになろうとは、当時の私はさっぱり思っていなかった。だが、結果として『青い春を数えて』のタイトルはNちゃんが考えてくれたものだし、「立華高校編」を書きながら弱っていた私を応援してくれたのもNちゃんだった。

私が専業作家になってからの三年間、それぞれの小説を書いていた時の記憶とNちゃんとの生活の思い出は密接に結びついている。今回は少しだけ、その思い出について書こうと思う。

　そもそも、Nちゃんと私が親しくなったのは向こうが声を掛けてくれたのがきっかけだった。人見知りを爆発させていた私は、大学でもほとんど特定の友人としか話していなかった。そんな中、Nちゃんは私に気さくに話し掛けてくれた。Nちゃんは当時からフリーのイラストレーターをやっていて、私と同じく個人事業主だった。大学でそういう話ができる相手は貴重だったので、私たちはすぐに意気投合した。

　Nちゃんの最大の特徴は声だ。とても可愛い声をしている。そして、酒癖があまりよろしくなかった（あくまで大学生の頃の話だ）。酒が入ると人恋しくなるらしく、二次会や三次会を開きたがった。甘え上手で受け入れ上手、とにかく優しい子だった。

　Nちゃんの進路はイラストレーターだったので、作家の私と同じようにふわふわとした就活期間を過ごしていた。よく東京に二人で遊びに行き、同じ部屋に泊まった。ツインベッドの片側に寝そべりながら、私は彼女となら一緒に住めるなぁとぼんやりと思った。その基準は金銭感覚だったり、部屋の散らかり具合の許容レベルだったり、快適だと感じる室内の温度だったりした。誰かと住むということを考えた時に、その相手は恋人だったり友達だったりするわけだけれど、性別関係なく一緒に住みやすい人とそうでない人は分かれるんだなぁと思った。それは好意の大きさというより、波長が合うかどうかなのだ。昔からの親友でも一緒に住めるとは思えないが、Ｎちゃんとなら住める。そういう波長。

「じゃあ、もうＮちゃんと綾乃ちゃんが一緒に住んじゃえばよくない？」と言ったのは、私のマネージメントを担当してくれている編集さんだった。なんとなく東京に行きたいなぁと思っていた私とＮちゃんは「一緒に住む？」「住むか！」というその場のノリで同居を決めた。ついでに私は、専業作家になることも決めた。今思い返しても勢いしかない。


　Ｎちゃんとの思い出は多岐にわたるが、一番印象に残っているのは真夜中のゲーム大会だろうか。二人共夜型人間だったので、よく深夜まで一緒にゲームをしていた。ダイニングの棚にはテレビが二台横並びに置いてあり、二人で揃って「スプラトゥーン２」（インクを撃ち合って敵を倒したり足場を塗ったりするＴＰＳゲームだ）をせっせかやっていた。そのせいで私の「スプラトゥーン２」のプレイ時間は１０００時間を超えている。このうちの８００時間くらいは多分、Ｎちゃんと二人で遊んだ時間だ。

　ゲームで遊んだ後、私とＮちゃんはよく近所のラーメン屋に通った。黄色の看板が目印のラーメン屋で、メニューがやたらと多かったのを覚えている。私はそこの味噌《みそ》バターコーンラーメンが大好きで、毎回同じものを頼んでいた。Ｎちゃんはじゃがいもラーメンだとか担々麺《タンタンメン》だとか色々なものに挑戦していた。こういうところでも性格の違いが出るよなぁと思いながら、私は熱々のスープにバターを溶かした。スープの表面にはうっすらと脂が浮いていて、なのにちっともくどくない。麺は少しちぢれた中華麺で、少しもったりとしたスープによく絡んだ。

引っ越して一人暮らしをしている今でもあのラーメン屋の味が定期的に恋しくなる。ルームシェアを終えてNちゃんが京都に住むようになってからも、彼女は東京に遊びに来ては私の家に泊まっていた。その度にあのラーメン屋の話になり、「また今度行こうね」などと効力のない約束をした。こういう実現されるか分からない約束が、私は嫌いじゃない。たとえそれが叶《かな》わなくとも、行きたいとその時思った気持ちは確かにそこに存在するから。

Nちゃんは結婚し、今や子供もいる立派な母親だ。東京に来ることはしばらくないだろうけれど、いつか東京で遊ぶ日が再び来るならば、また二人であのラーメン屋に行きたい。

憧れの電気ブラン

偽電気ブランをご存じだろうか。森《もり》見《み》登《と》美《み》彦《ひこ》さんの小説『夜は短し歩けよ乙女』に登場する架空の酒である。私はそもそも電気ブランを知らなかったので、初めて小説を読んだ時には偽のつかない電気ブランも架空の飲み物だと勘違いをしていた。そしてその後、なにやら電気ブランという酒は本当に存在するらしいと知り、何だかよく分からないが美味しそう！　と未知の飲み物への期待に胸を膨らませていた。高校生の頃の話だ。それから実際に電気ブランを口にするまでに、五年ほどの月日を要した。今回はそれにまつわる思い出話について書くことにする。

私が大学生の頃、京都の大学に通う文学部学生の大半は森見登美彦さんの影響を受けていた。……多分。少なくとも周りの人間は非常に影響を受けており、鞍《くら》馬《ま》天《てん》狗《ぐ》を見に行こう、猫ラーメンを食べに行こう、ええじゃないかええじゃないか、などとよく軽口を叩いていた。あれ、もしかして私の周りだけが特殊な会話をしていたのか？　と思い返すうちに不安になってきたが、とりあえず私の大学生活と森見登美彦さんの作品は切り離せない。私が初めて読んだ森見さんの作品は『太陽の塔』だった。高校生の時だ。手に取ったきっかけは、書店で平積みされていたからだ。京都大学の男子学生である「私」がかつて自分を振った恋人「水《みず》尾《お》さん」を研究するために追い掛ける、ファンタジー要素の含まれた青春小説だ。題名の通り、太陽の塔も登場する。

　あの時、表紙を見て迷いなく買った理由は、私が幼い頃から太陽の塔が好きだからだった。

　祖父母の家は鹿児島にあるため、子供の頃はよく飛行機で関西と九州を行き来していた。当時はまだ九州新幹線が開通していなかったため、子供一人で鹿児島に行くには飛行機を利用するしかなかったのだ。長期休暇になる度に幼い私は田舎の祖父母の家に預けられ、退屈しのぎに牛をブラッシングする日々を送っていた。まぁ、そういうわけで小学生の頃の私にとって、空港というものは非常になじみ深い存在だった。

　そしてとても重要な情報だが、京都には空港が無い。一つも無い。そのため、飛行機に乗るには必然的に他府県に行く必要がある。そこで利用するのが、大阪の伊丹《いたみ》空港だった。宇治から伊丹空港までは高速道路を使うと一時間も掛からない。

　母親が車を運転し、幼い私はいつも後部座席に座っていた。高速道路の両サイドは遮音壁が続き、景色はあまりよく見えない。それでも大阪の市内に近付くと高い建物が増えてくるので、観覧車や高層ビルが視界に入ってきたりする。万博公園の近くを通るタイミングを見計らって、母親はいつも「そろそろやで」と声を掛けた。私は窓ガラスにへばりつく。そうしていると、立ち並ぶ木々の先に巨大な白い物体が現れる。両腕を伸ばし、腹部あたりに少し怖い顔がある。金色のピカピカした頭はパラボラアンテナみたいな形をしていて、ウルトラマンに出てくる怪物みたいだ。「太陽の塔や！」と私は歓声を上げ、一瞬で通り過ぎるその姿を目に焼き付ける。その頃の私は太陽の塔が大阪万博のために作られたものであることも、岡本《おかもと》太郎《たろう》さんによる作品であることも知らなかった。知識もないままに、巨大なエネルギーの塊がそこにそびえたっているのを感じていた。

　そういうわけで、太陽の塔が好きだった私はそれをきっかけに森見さんの作品を読むようになったわけである。そしてそこに登場する偽電気ブランに憧れた。二十歳になったら飲むぞ！　と高校生の頃はウキウキしながら考えていたのだが、大学生になって酒を飲むようになってから大きな問題が発覚した。私は信じられないくらいに酒に弱いのである。

　これまでの人生において、酒で記憶を失ったことは一度もない。それは節度のある飲み方をしているからというより、ちょっと飲むだけで心臓がバクバクして、全身は真っ赤になり、これ以上はいけない！　と身体が悲鳴を上げるからである。両親共に酒には弱い家系だから、これはもう遺伝だ。致し方ない。

ところで、私の憧れている電気ブランは浅草《あさくさ》の神谷バーの創業者が造ったブランデーベースのカクテルである。明治時代の頃は度数が四十度以上あったらしい。酒に弱い私には絶対に無縁の飲み物だ……しかし飲みたい。憧れを我慢できなかった私は、東京旅行に行った際、同じく電気ブランを飲みたいと言っていた友達と共に浅草へ足を運んだのだった。

実物の電気ブランは想像よりもずっと美しかった。透明なグラスに入った液体は琥珀《こはく》色をしていて、何やらハイカラな感じがした。全てを飲み切れるとは最初から思っていなかったので、友達と半分ずつ飲んだ。口に含んだ瞬間、一気にブランデーの香りが広がる。舌がビリリとして、如何にも酒という味がした。美味しいかどうかは酒に不慣れな私にはよく分からなかった。ただ、ずっと憧れていたものを口にしているという事実に酔っていた。

その晩のホテルへの帰り道、友達と好きな小説について延々と喋《しやべ》っていた。酔いが回っていたからお互いにやや支離滅裂だったが、感情を共有したかっただけだから理論的であるかどうかはさほど重要ではなかった。同じ温度で小説について話せる友達がいるというのは本当に幸せなことだ。

私の電気ブランにまつわる記憶は、そうした幸福な時間と強く結びついている。

入院のお供

私が京都に帰省した際に真っ先に買うものがある、壬生菜《みぶな》の漬物だ。京都では鉄板の漬物だが、東京だと見掛ける頻度がかなり減る。壬生菜とは水菜の品種の一つで、京野菜として知られる。シャキシャキとした歯応《はごた》えが最高で、私はよく納豆に混ぜて食べている。熱々のご飯の上に載せて食べると最高なのだ。

私が理想の壬生菜の漬物と出合ったのは大学四年生の時だった。大学時代の私はとにかく忙しかった。作家の仕事を既に始めていたし、アルバイトも週六で入っていたし、美術サークルの活動にも積極的に参加していた。充実した学生生活だったが、大学三年生の秋頃に全てをこなすことは難しいと悟った。腎臓病の治療をしなければならなかったからだ。

その病気が発覚したのは大学の健康診断だった。私は元々注射が大嫌いで、病院に行くのも避けるタイプだった。しかし健康診断は義務であるため、面倒ながらも受ける必要があった。そしてその結果、尿検査でとんでもない異常値が出たのである。

しかしその時の私は妙にのんびりしていて、「まぁ、疲れてたら異常値ぐらい出るよねー」と再検査の要請を無視していた。だがその数値の高さは私が思っているよりも何倍も異常事態だったらしく、大学の保健センターから直々に連絡がきた。「絶対に病院に行ってください！」と強く念押しされ、私はいやいや大学病院に検査を受けにいくことになった。

　そして発覚したのが、ＩｇＡ腎症という病気だった。自覚症状は一切なかった（もしも今これを読んでいる学生がいたらぜひ伝えたいのだが、生命保険には早めに入っておいた方が良い。持病が発覚すると普通の保険に入ることは難しく、割高の保険に入ることになる。私も色々と苦労した）。

　発覚当時の病気の進行レベルとしては重症になりかけで、「発見が遅かったら透析が必要な可能性もありましたよ」とお医者さんには言われた。健康診断のありがたさを身に染みて感じた瞬間だった。

　治療内容としては最初に扁桃腺《へんとうせん》の摘出手術をし、それから色々と薬を投入されたりした。定期的な入院治療がオススメということだったので、私は月に一度のペースで三日間だけ入院するという生活を一年間ほど繰り返していた。入院中にステロイドを点滴で一気に入れるという治療法だった。

　その頃には作家としての仕事が忙しくなってアルバイトは辞めていたので、時間に余裕がないというわけではなかった。入院は辛《つら》くはなかったが、ただひたすらに退屈だった。特に病院食が苦手だった。運動していないから、食欲が全く湧かなかったのだ。

　ところがある日。今回も入院か……と憂鬱な気持ちで駅から病院へと向かっていた道の途中で、私は漬物屋さんに出合った。まあるい茄子《なす》、薄くスライスされた蕪《かぶ》、ピカピカと光る柴漬《しばづ》け。色んなものが並ぶ中で、私はなんとなく壬生菜の漬物を購入した。小袋だったので、入院中でも食べられそうだと思ったからだった。

　そして夕方になり、病院食の白米に漬物を掛けて食べた。熱々のご飯ではなく、少し冷めてほんのり温かい白米だ。大した感慨もなくそれを口に入れた瞬間、私は目を見開いた。ほんのりとした塩の味、瑞々《みずみず》しい触感、呑《の》み込んだ時にふっと広がる渋さ。今まで食べた中で、一番美味しい壬生菜の漬物だった。

　それ以来、私は入院が全く苦痛じゃなくなった。あの漬物が食べられる、と楽しみにすら思うようになった。少しの彩りで毎日の食事が楽しくなるのだから、漬物というのは偉大である。数年前に病気は寛解し、通院の必要も全くなくなったが、それでも京都に帰るとあの漬物屋に行ってしまう。

　東京のスーパーでも壬生菜の漬物を買って食べるが、やっ

ぱり私の大好きなあの漬物の味とは違う。賞味期限が短いから取り寄せすることが難しいのだけれど、もし取り寄せができたら毎日もりもりと漬物ばかりを食べる生活になるだろうから、これぐらいの距離感がちょうどいいのかもしれない。

金閣寺コンプレックス

生まれてから今まで、金閣寺に行ったことがない。パンフレットの写真は何度も見たことがあるし、教科書に載っていた足利義満《あしかがよしみつ》の顔を忘れたことはないし、三島由紀夫《みしまゆきお》の書いた小説を繰り返し読む学生時代を送っていた。それでも、私は金閣寺に行ったことがない。金閣寺の正式名称が鹿苑寺《ろくおんじ》というのだとも、このエッセイを書いている時に知った。

そもそもどうして私は金閣寺に行ったことがないのか。それを自分なりに分析すると、いつでも行けるという傲慢さが招いた事態なのではないかと思う。私の出身地は京都府の宇治市だ。京都は縦に長い形をしていて、丹後《たんご》・丹波《たんば》・京都市・山城《やましろ》の四つに区分される。宇治市は京都府の下の方にある、山城地域にある。京都市の中心部である四条にも京阪電車を使えば三十分程で着く。

京都といえば修学旅行の定番だが、当然のことながら京都府民は修学旅行で京都には行かない。小学生の頃の遠足の行き先も、京都ではなく奈良だった。となると、京都にある定番の観光地に行く機会はほとんどなくなる。観光客でめちゃくちゃ混んでそう〜、という印象が強すぎて、休日に遊びに行くのもなんとなく敬遠してしまっていた。だけど関西以外の人と話すと「京都に住んでるの？　私も前に旅行で金閣寺に行ったのよ」なんて言われてしまう。話の腰を折るのもなんだかなぁと思って、私も話を合わせて相槌《あいづち》を打つ。「良いところですよね」なんて知ったかぶりをしながらも、心のどこかでは謎の焦りを感じている。この状態を、私は勝手に『金閣寺コンプレックス』と呼んでいた。

だが、そんな私にも転機が訪れる。大学進学だ。私が大学で出会った友人たちは、関西出身でない子も多かった。特に名古屋出身のＴは京都が大好きで、休日になると様々な場所を探索していた。私はそれについて行く形で京都の観光地に足を運ぶこととなった。

Ｔと一緒に行った場所で一番印象に残っているのは清水寺《きよみずでら》だ。清水の舞台から飛び降りる、で有名なあの清水寺。金閣寺に行ったことがなかった私は、当然のことながら清水寺にも行ったことがなかった。「清水寺で年越ししたい！」というＴの言葉に、私は感動すらした。大晦日《おおみそか》の清水寺なんて、如何にも京都らしいじゃないか！　そういうわけで、私はＴを含めたサークルの友達と共に年末を過ごすことにした。

迎えた大晦日。夜の清水寺は人でごった返していた。清水寺では整理券を持っている人は除夜の鐘を撞《つ》くことができる。この整理券の配布は十二月二十五日に始まり、無くなり次第終了となる。私たちはそんなことを全く知らなかったので、鐘を撞くという発想すらなかった。本堂までは長蛇の列ができていて、前進するスピードもゆっくりだった。だが話しているだけで楽しかったので、待ち時間も気にならなかった。『ゆく年くる年』に映るかなぁ」とTは言っていたが、私は『ガキ使』派だったので全然ピンと来なかった。

　清水の舞台に着いたのは、日付が変わる二分ほど前だった。既に多くの人たちが年越しをここで迎えようと、その場で待機していた。手摺《てす》りから見下ろすと、ライトアップされた敷地内の様子がよく見えた。はしゃぐ人々の話し声、ゴーンと響く除夜の鐘の音。仄《ほの》かに照らされる木々と、遠くに見える街灯《まちあか》りのコントラスト。これが清水寺か、と思った。確かに、一度は足を運ぶ価値がある。

　そうこうしているうちに、誰からともなくカウントダウンが始まった。「3、2、1」と皆が一斉に数字を刻み、ゼロになった途端に「あけましておめでとう！」と新年を祝い合った。何に対してかは分からない拍手が起こり、遠くの方で誰かが「ハッピーニューイヤー」と叫んでいた。それからちょっとした間があって、多くの人間から発せられた困惑の空気が漂ってきた。「で、どうする？」という声が周囲から聞こえてきて、そのぬるっとしたテンションの変化が可笑《おか》しかった。自然発生したカウントダウンは、当然のことながら自然に終わる。花火みたいな派手な催しを期待していたわけじゃないだろうけれど、明らかに何人かはぶつけようのない興奮を持て余していた。

「八坂《やさか》神社に行くか」と周囲にいた大学生らしき人間たちは話していた。清水寺から八坂神社のコースは定番中の定番だが、元旦の八坂神社の混み具合なんて想像するだけで恐ろしい。人混みに疲れつつあった私たちはその一行を横目に、出口の方へ移動した。「私らはどうする？」とTに聞くと、「晴明《せいめい》神社に行こう」と答えた。私の知らない神社だった。

　晴明神社は名前の通り、安倍《あべの》晴明を祀《まつ》っている神社だ。今から千年ほど前に、一条《いちじょう》天皇が安倍晴明の功績を称《たた》えて創設したらしい。白い鳥居の額には神社名ではなく社紋である「晴明桔梗《ききょう》」が掲げられていた。「五芒星《ごぼうせい》」という呼び名の方が有名だろう。

　神社自体は今出川《いまでがわ》駅から歩いて十二分ほどの場所にあった。私たちの通う大学の最寄り駅は今出川駅だったので、キャンパスからもそこそこ近かった。それなのに私が知らなかったのは、大学と家の行き来ばかりで外への関心をほとんど持っていなかったせいだ。

「私、ここの雰囲気が好きなの」とTは言った。元旦の晴明神社には大勢の人がいたが、それでも八坂神社の混雑に比べたらかなり過ごしやすかった。

　Tの言葉に感化されたわけではないけれど、私もこの神社が好きだ。雰囲気が独特で、お守りのデザインもカッコいい。京都観光の時にはぜひ一度行ってみて欲しいと思う。

　安倍晴明を祀っているだけあって、境内には陰陽師《おんみょうじ》にまつわる色々なものが置かれている。パワースポットとして人気なのは晴明井《い》という井戸で、安倍晴明の念力によって水が湧き出たとされているらしい。五芒星の描かれた井戸の上部は回転するようになっており、毎年立春の時期に恵方《えほう》に合わせて向きを変えている。

その他にも色々と面白いものがあるのだけれど、私が好きなのは四神門《しじんもん》だ。石柱の上には青龍《せいりゅう》、朱雀《すざく》、白虎《びゃっこ》、玄武《げんぶ》が掲げられている。安倍晴明が住んでいた頃、朝廷からの遣いが来ると勝手に門が開き、出て行く時に勝手に門が閉じたという逸話があるらしい。それにちなんで、現在設置されている門も人の手を借りずに開閉するようになっている。電動式なのだそうだ。そういったこだわりに、来訪者に対する気遣いのようなものが感じられてほっこりする。

あの年の元旦、私はTたちと晴明神社でおみくじを引いた。その結果がどうだったかはさっぱり覚えていない。ただ、友達と京都を満喫しているという事実に高揚感を抱いていたことだけは記憶に残っている。「私なんかよりTの方が全然京都に詳しいね」という私の言葉に、「住み慣れちゃうとありがたみが減るのかもね」とTはさらっと答えていた。まったくもってその通りだった。

「これからはもっと京都の観光スポットに行ってみる。

金閣寺とか！」と私はあの日高らかに宣言したのだが、結局今日にいたるまで金閣寺には足を運べていない。私の金閣寺コンプレックスが解消される日は、まだまだ遠そうだ。

作家、家を探す。

家探しって、楽しいけどめんどくさい。

大学を卒業して上京するまで、私はずっと宇治の実家に住んでいた。宇治はかなり住みやすい街だ。買い物には困らないし、自然も多いし、近くには文化遺産もあるし。正直に言えば、大学生の頃には宇治以外の街に住むつもりなんてサラサラなかった。私は一生宇治に住むんだろうな〜とぼんやりと思っていた。

前にも書いたが、私が上京することに決めた理由は「ノリ」の一言に尽きる。「どうせ失うものもないし、とりあえずやってみるか！」という気持ちだった。その決断の一番大きな後押しとなったのは、ずっとマネージメントを担当してくれている編集者だろう。彼女は私の所属している会社の社長でもあり、色々とお世話になっている。私にとって、「東京の母」だ。現在も仕事のスケジュール管理は全て彼女が行ってくれている。

最初に東京で家探しをする時、「綾乃ちゃんはどういうところがいいの？」と聞かれた。その時、私は「川の近くがいいです」と答えた覚えがある。生まれてからずっと宇治川が身近にあったので、川のない生活というのが想像できなかったせいだ。川の近くの家というのは水害のリスクだったり虫が寄りつく可能性（宇治の場合はトビケラという無害だが見た目が可愛くない羽虫が夏前に発生する）があったりするわけだけれど、それを踏まえても私は川が好きだった。なんというか、水の音が好きなのだ。夏の早朝、まだ空気が澄んでいる時に川沿いを歩くと気持ちがいい。

友人のＮちゃんとルームシェアをしていた数年間は川の近くに住んでいた。二人でよく夜の川沿いの遊歩道を散歩して、ついでにアイスを買ったり、「ポケモンＧＯ」が流行っていたので野生のポケモンを探していつもより遠回りで家に帰ったりしていた。あれはあれで楽しい毎日だった。

それからＮちゃんが京都に帰り、今度こそ一人暮らしを始めることになった。自分がどこに住みたいのか、そこで改めて考えることになったのだ。前の家で川は十分満喫したので、次の家では川へのこだわりはとっぱらった。

家の間取りは勿論《もちろん》、街の雰囲気というのも家探しでは重要だ。私の場合、お寺とパン屋が近くにあると嬉しくなる。特に、お寺にはお墓がある方が良い。なんというか、その街に根付いているんだなという感じがする。パン屋は単純に、パン屋さんのパンを食べるのが好きだからだ。

今住んでいる街は落ち着いた雰囲気で、どことなく京都に似ている気がする。やっぱり、お寺とパン屋が近くにたくさんあるからだろうか。

実は、京都はパンの消費量が他の都道府県に比べても多いらしい。二〇一六年の総務省家計調査では国内のパンの消費量の第1位は京都だった。思い返してみると確かに、実家暮らしの頃は京都市内に出るとやたらとパン屋を見掛けた。

京都のパン屋といえば「SIZUYA」！　京都の至る所で見掛ける有名店だ。その中でも私が大好きなのは「カルネ」という丸いパンだ。丸くてふわふわしたオーストリアの「カイザーロール」というパンを半分に切り、そこにスライスした玉ねぎ・薄いハム・マーガリンが挟んである。マーガリンのコクがありつつも、さっぱりとしていて食べやすい。病みつきになる味なのである。京都駅にも店舗があるので、新幹線に乗って帰る時は絶対にカルネを買うことにしている（あとはついクリームパンも買ってしまう）。ここ一、二年はコロナのせいで京都になかなか帰れないために食べられておらず、書いているうちにどんどんとあの味が恋しくなってきた。美味しいパンというのは日常を楽しくしてくれる。

最近は新たに家探しをしているのだが、あれもこれもと欲張るとなかなか物件を決められない。気軽に引っ越しができるのが賃貸暮らしの良いところだ。実家暮らしの時は生まれてから死ぬまでずっと同じ場所で暮らすイメージしかなかったから、こんな風に自分の住む街を自分の意思で変えられるのは新鮮で楽しい。ただ、引っ越し貧乏なる怖い言葉も耳にしたので、できるだけ地に足のついた生活をしようと心掛けている。条件だって、スーパーが近いとか駅が近いとか重視すべきものは沢山あるわけだし。うーん、大人の家探しって難しい。でもやっぱり、美味しいパン屋さんが近所にあると嬉しいな。

創作アイデンティティ

大学生の時に美術サークルを選んだのは、人数がほどほどに多くて、活動もほどほどにあって、尚《なお》且つ趣味が合いそうな人間が多いからだった。サークルでは定期的に展覧会を開いたり、合宿などのイベントがあったり、なんやかんやで毎月飲み会をしたりと非常に大学生らしい生活を送った。小学校・中学校・高校・大学で一番楽しかったのはいつですかと聞かれたら、即座に大学と答える。私の体感としては、大人になればなるほど人生は楽しく生きやすい。強制的に何かの枠に押し込められる機会が減るからだ。あと、シンプルに私は集団生活に向いていない。

小・中・高時代の自分の娯楽というのは、六割が小説、三割が漫画、一割がゲームぐらいの配分だった。今ほどストリーミングサービスが普及していなかったので映画はあまり見なかったし、ドラマやアニメも見る方じゃなかった。後者をあまり見ない理由は、毎週同じ時間に続き物を見るという習慣が全く根付かないからだった。今はネットサービスで色んなコンテンツに触れられるけれど、それでもやっぱり映画ばかり見てしまう。二時間くらいできちんと起承転結が収まるから性に合っているのだろう。

　そういうわけで、私とアニメの本格的な出合いはかなり遅い。今だから正直に言うと、リアルタイムで深夜アニメを見たのは『響け！　ユーフォニアム』が初めてだった。それまでは録画したものを一気に見るということが多かった。自分の書いた小説がアニメ化されるというのは本当に衝撃的な体験で、毎週テレビの前に座って待機し、久美子《くみこ》や麗奈《れいな》がやり取りする姿を眺めていた。家にあるＤＶＤケースを見る度に、やっぱりアレは夢だったんじゃないかなと今でも思ったりする。

　そんな学生時代の私が影響を受けたアニメはいくつかあって、特に二〇一一年に放送された『輪《まわ》るピングドラム』は一番好きなアニメだ。幾原邦彦監督が手掛けた作品で、様々な要素がミックスされた映像表現に圧倒されたし、隠喩の使い方の巧みさに興奮したし、小説ではできない視覚体験に憧れた。……という話をサークルの先輩にしたら、「じゃあ『少女革命ウテナ』を見なきゃ！」と強引に鑑賞会がセッティングされた。美術サークルの女たちは自分が好きなものを布教することに余念がないのだった。

　先輩の下宿先はワンルームで、そこに七人ほどが集まった。一年生から四年生まで学年がバラバラで、さらに視聴済みの人間と初見の人間も一緒くただった。私は見終わるまでに朝から晩までかかりそうという忠告なんて気にもせず、先輩の家でＤＶＤを見るというシチュエーションに胸を弾ませていた。だってこういうの、めちゃくちゃ大学生っぽいではないか。

ここで『少女革命ウテナ』について説明すると、一九九七年にテレビ東京系列で放送されたアニメ作品だ。先ほど挙げた『輪るピングドラム』と同じく幾原邦彦監督が手掛けている。全三十九話で、映画版もある。放送から二十年以上経っても人気は衰えず、二〇一八年、二〇一九年には舞台化もされた。

王子様になりたいと願っている少女・天上《てんじょう》ウテナは一貫校である鳳《おおとり》学園に入学する。その学園には不思議な伝統があり、「世界を革命する力」を授ける「薔薇《ばら》の花嫁」をかけて決闘を行うのだった。決闘ゲームに巻き込まれたウテナは薔薇の花嫁である姫宮《ひめみや》アンシーと絆《きずな》を育《はぐく》み、次第に彼女を救いたいと願うようになるのだが……というのが簡単なあらすじだ。

この姫宮アンシー、とにかくどえらい女なのである。最初に抱いた印象は、男から好かれて女から嫌われる女、だろうか。初期の頃はちょっと野暮ったい見た目をしていて、超絶美少女としては描かれていない。しかしながら、決闘ゲームに参加するデュエリストたちは薔薇の花嫁を求めて戦う。つまり、アンシーはとにかくモテるのだ。

嫉妬を買ってもマイペースでしたたか、その癖どこか天然で摑《つか》みどころがない。そりゃあ女子からやっかまれる。だが、そんな彼女は決闘ゲームの優勝賞品である薔薇の花嫁という役割を押し付けられているのだ。視聴者も見ているうちに同情の気持ちが湧いてくる。周りの人間の都合の良いように扱われて、この子ってちょっと可哀想かもね？……そう思い始めた辺りで、アンシーの得体の知れなさが徐々に露《あら》わになっていく。あのゾッとする感じが堪《たま》らない。記憶を消してもう一度見たいくらいだ。

　少女革命ウテナの舞台的映像演出と多発する不穏な隠喩がとにかく好きなのだけれど、一番強く惹《ひ》きつけられたのはキャラクターの内面の見せ方だった。緩急。そう、緩急がとにかく凄《すご》いのだ。鋭いナイフの切っ先が光るみたいに、日常生活のさりげない仕草の中でキャラクターの本性がピカリと垣間見《かいまみ》える。シチュエーションに合った台詞《せりふ》を紡ぎながらも、明らかに違う意味合いが込められていると伝わってくる演出。それが顕著なのが姫宮アンシーという女で、私はとにかくアンシーが何を抱えているのか知りたくなった。

　知りたいという欲求は暴力的で、だからこそ強い。「未知であること」は他人を惹きつけるキャラクター要素であると、私はあの時初めて知った。なので自分が本を書く時にもうっかりそういう仕込み方をしてしまう。こればかりはどうしようもない。創作していると自分の持つ「好き」から逃れられない。

　先輩は「綾乃ちゃんはウテナ見たら絶対ハマると思う！」とニコニコしていたが、あれは幼気《いたいけ》な後輩を沼に引きずり込もうとする罠《わな》だったのだと今なら分かる。「そういえばウテナの映画が期間限定で再上映してるんやって！」と笑顔で告げる先輩を見ながら、アフターサービスまで完璧すぎるだろうと戦慄《せんりつ》した。流石《さすが》は美術サークルの女だ。

結局私は映画も見に行ったし、ＤＶＤボックスも買ったし、展覧会にも行った。すっかりハマってしまったというわけだ。

小さい頃から今に至るまで、小説も漫画もゲームもアニメも映画もドラマも舞台も、コンテンツならなんでも大好きだが、姫宮アンシー以上に夢中になるキャラにはもう二度と出会えないような気がする。彼女は私の創作アイデンティティにがっつり食い込んでしまったので、超えるとか超えないとかそういう次元の存在じゃなくなってしまった。

そういう好きになり方をした作品は、何が起こってもその枠を他に明け渡さない。私の心の引き出しの中にはそうした特別な作品がいくつかあり、いくら新しいコンテンツに触れようと特別枠で存在感を放っている。何年経っても、作品に触れた瞬間に感じた強烈な「好き」が色褪《いろあ》せることはない。

自分の書いた物語も誰かにとってそうした存在になってくれたなら、こんなに嬉しいことはない。

アンシー
好きだ…。

第二章

好きなもんと なんやかんやの話

なんちゃって高所恐怖症

昔からジェットコースターが苦手だった。高いところから急降下する時の、あのふわっとする感じが好きじゃない。でも、屋内のジェットコースターは好きだ。「武田の乗れるやつと乗れないやつの基準ってなんなん？」と友人に聞かれた時には、「落ちた時に死にそうなやつは乗れない」と答えた。屋外にあるジェットコースターはレールから弾《はじ》き出されてうっかり死んじゃいそうな感じがする。「死を覚悟してまで乗りたくない」と真顔で言う私に、「そんな覚悟してる人なんておらんって」と友人は呆《あき》れていた。

屋外のジェットコースターは嫌いだけど、高いものは好きだ。なんとかタワーとつくものは大体好き。京都にいた頃は京都タワーを見るのが好きだったし、大阪に行った時は通《つう》天閣《てんかく》に、博多《はかた》旅行では博多ポートタワーに登った。東京に住み始めてからは東京タワーやスカイツリーによく行った。展望台から景色を見るのは好きだけど、ガラス張りの床は絶対に踏むのを避ける。怖いから。でも、綺麗《きれい》な風景を見ながら歩くのは好き。高所恐怖症と呼ぶレベルにまでは達していない、なんちゃって高所恐怖症だ。

今の家へ引っ越す前、Nちゃんと一緒に住んでいたマンションはスカイツリーの近くにあった。家探しを手伝ってくれた編集さんの一人が「スカイツリーの近所に住むとテンション上がりますよ！」と言っていたからだった。借りる時には別にそんなもん気にせんやろと思っていたが、実際に生活し始めるとあながち嘘《うそ》ではないことが分かった。

黄緑色が目印の都営新宿線は、地面からかなり遠い場所を走っている。そのせいで地上出口からホームに辿《たど》り着くまでにやたらと時間が掛かる。勿論、都営新宿線の全ての駅がそうだというわけではないだろうが、全体的に地下深くにあるのは間違いない。改札から延々と歩き、その後エスカレーターに乗ってゆっくりと地上出口に出る。はぁー、やれやれ。やっと家に帰れますよ、と息を吐いて顔を上げると、真っ青に光るスカイツリーが目に入る。デカッ、と真っ先に思う。何度も見ているはずなのに、見上げる度に新鮮な気持ちで驚く。ピカピカと光るそれを眺めていると、くたびれていた心がちょっとだけ元気になるのを感じる。巨大なものというのはそこにあるだけで圧倒される。存在そのものにロマンがある。

そういえば、タワーには水族館が併設されていることが多い気がする。東京タワーの中にある東京タワー水族館も、スカイツリーの中にあるすみだ水族館も好きだった。

前の家に住んでいた頃はしょっちゅう平日の夜にすみだ水族館に行っていた。私の一番好きな魚はメガネモチノウオだ。ダントツの推しである。青くて、平たくて、唇が分厚い。ベラ科の最大種らしく、長生きする個体も多い。『どうぶつの森』ではナポレオンフィッシュとして登場し、私はゲーム世界の家にその魚を飾っていた。現実世界よりも先にゲーム世界でその存在を知ったせいで、初めて生で見た時は大興奮した。魚も虫も、『どうぶつの森』で初めて名前を知ったものばかりだ。ゲームはいつも私の人生を豊かにしてくれる。

　平日の夜の水族館にいる客の多くは明らかに地元の人間で、スーツ姿の会社員も多かった。絶好のデートスポットであるため恋人たちの姿もちらほら見掛けることはあったけれど、日々の疲れを癒そうと虚《うつ》ろな目で魚やペンギンを見ている一人客も珍しくなかった。くたびれた顔をしながらペンギンを眺めている客を横目に、私は大抵メガネモチノウオの水槽の前でボーッとしていた。一人を楽しんでいる人間がたくさんいる空間は心地がいい。何かしなければと焦る必要もなく、ただ時間が流れるのを楽しむことができる。

　満足するまで魚を見た後、私はすみだ水族館を後にする。出口から外に出ると、どーんとそびえ立っているスカイツリーの根元が見える。下から見上げても上の方は全然見えない。そのてっぺんによじ登る自分の姿を、ちょっとだけ想像してみる。高さ６３４メートルから眺める景色はきっと凄いだろうけれど、私は死を覚悟してまでそこに登りたいとは思わない。安心できる建物の中で、安全に高所を楽しみたい。

ジェットコースターが好きな人は、この「安全」の許容範囲が私よりも広いんだろうなと思う。そして多分、本当の高所恐怖症の人に比べたら、私の「安全」の基準だって相当緩い。年を重ねていけば、いつの日か屋外のジェットコースターに乗ることを恐れない日が来るのだろうか。或いはもっと臆病になって、屋内のジェットコースターも乗りたくないと言い出すだろうか。どちらの年の取り方も面白そうだけれど、しばらくはなんちゃって高所恐怖症な自分を楽しんでいきたいと思う。

正常性バイアスうどん

正常性バイアスという心理学用語がある。自分にとって都合の悪い情報を軽視したり、何か予想外のことが起きた時にあくまで日常生活の延長上の出来事だと思い込もうとしたりする人間の特性のことだ。私はこのバイアスが働きやすいタイプなのだけれど、その中でも一つ印象的な出来事がある。

大学生時代に美術サークルで夏合宿に行った時の話だ。私の所属していた美術サークルは幽霊部員も含めて百名ほどの人間がおり、二泊三日の夏合宿に参加するのはその半分ほどだった。五十名あまりを引率するというのは非常に面倒なため、夏合宿幹事という役職は皆からハズレとみなされていた。

三年生になった時、私はその役職に就くこととなった。夏を乗り越えたら一気に楽になるから！　という先輩の口車に乗った結果でもある。元々、予定を管理することはそこまで嫌いじゃなかったから、この役職は意外と私に向いていた。旅行代理店で計画を作成してもらい、見積もりを出す。そして、複数の素案をサークルの総会で紹介し、旅行先を投票で選択するのだ。私はどうしても石川県にある金沢21世紀美術館に行きたかったので、石川県の旅行プランだけめちゃくちゃ気合を入れて作った。その結果、見事旅行先に石川県が選ばれることとなった。

大学生の合宿での食事というのは、予算とのせめぎ合いだ。大人になって身に染みて感じたが、旅館の食事というものはグレードを上げようと思えばいくらでも上げられる。しかしながら、グレードを下げるのは非常に大変なのだ。

旅行会社が探してくれたのは大型の宿で、普段から団体客を受け入れているようだった。私たちは複数の和室を借り、グループに分かれて泊まった。食事は大広間でとった。

事件が起きたのは二日目の夜だった。その日の夕食は合宿あるある的な食事で、コロッケや千切りキャベツ、味の濃い味噌汁、うどんなどが出された。合宿所のコロッケというのはどこで食べても似たような味がする。私は中学生の時の吹奏楽部での合宿を思い出し、懐かしいなぁとしみじみした。絶品とは思わないが、あれはあれで趣がある味なのだ。

五十名あまりが同時に食事をするので、大広間にはたくさんの机が並んでいた。合宿幹事だった私は先輩や後輩と混ざって食事をしていたのだが、隣に座っていた後輩がぽつりと言った。

「このうどん、なんか味が薄くないですか？」

どれどれ、と私もうどんを食べた。確かに味が薄い。というか、なんだかわびさび的な味がする。素朴というか、麺の素材の味がダイレクトに伝わってくるというか……。

「こういう特産品ですかね？」「石川県って名物のうどんなんてあったっけ？」「繊細な味って感じですけど」なんて皆が口々に話し始めた。

私はもう一度うどんを啜《すす》る。美味しくはないが、これが名物だと言われたらそれはそれでアリな味だった。でもなんだろう、どこかで食べたことがある味なのだ。喉奥に小骨が引っ掛かったような違和感に、私は考え込んだ。その時、離れたテーブルに座っていた先輩の一人が立ち上がって言った。

「このうどん、めんつゆじゃなくて麦茶じゃない？」

その途端、周囲の部員からは「あ〜」なんていう感嘆の声が漏れた。出されたうどんは麦茶うどんだったのである。

といっても、石川県の名物に麦茶うどんなる食べ物があるわけではない。麦茶うどんの原因は、食事の配膳に用いられていたやかんにあった。この宿では、学生の食事を準備する時、うどんのつゆをやかんに入れていた。そして、飲み物用の麦茶もやかんで用意していた。食事を配膳する際、うどんの入った器に汁を入れるタイミングで使用するやかんを間違ってしまったというわけだ。まさに日常に潜む謎、現実で起こったミステリーだった。

うどんに関しては汁を差し替えてもらったことで事なきを得たのだが、私は内心で「このうどん、これはこれで美味しいね」などと言わなくて良かったとホッとしていた。訳知り顔で味を語っていたら、とんだ恥を掻《か》くところだった。

日常生活で実際にミステリーに出くわすと、意外と自分を無理に納得させてしまうんだな、というのがこの経験で私が得た教訓だ。

小説に出てくるような日常の謎がもし自分の身の回りで起こったとしても、大抵の場合、気付かないまま終わってしまうのかもしれない。

バタービールと解釈違い

子供の頃、バタービールを飲んでみたかった。バタービールとは「ハリー・ポッター」シリーズに登場する飲み物で、映画の中ではハーマイオニーが口元に泡でひげを作っていた。ビールジョッキに並々とつがれた温かそうな謎の飲み物！　幼い私はその味が知りたくてたまらなかった。

小学生だった私にとって、魔法の世界は空想の中でのみ遊びに行ける憧れの場所だった。グリフィンドール、スリザリン、レイブンクロー、ハッフルパフ。もしも自分がホグワーツに入学するならどの寮に入るだろうか、と当時は真剣に悩んでいた。「ハリー・ポッター」を知っている人なら一度は考えたことがあるだろう。私はいまでもこっそり考える。

最近は同世代で活躍する人と話す機会が増えたせいか、共通の話題として「ハリー・ポッター」を挙げることが増えた。なので今回は「ハリー・ポッター」にまつわる思い出を書いていこうと思う。

「ハリー・ポッター」について一応説明すると、魔法世界を舞台としたファンタジー小説だ。ホグワーツは名門の魔法学校で、魔法使いの資質がある子供たちが入学を許される。ホグワーツには四つの寮があり、入学時に組分け帽子によってどの寮に入るか決められるのだ。

　主人公であるハリー、ハーマイオニー、ロンといった面々が所属しているのは勇気と騎士道精神を持つグリフィンドール。勇敢と無謀は紙一重、主人公気質の生徒が集まる寮だ。スリザリンは野心的で狡猾《こうかつ》、成果主義なきらいがあり、ハリーと揉《も》めがちなマルフォイがここに所属していた。「ハリー・ポッター」内でフィーチャーされるのは大抵この二寮で、レイブンクローとハッフルパフはちょっとだけ影が薄い。レイブンクローは学習意欲に溢《あふ》れ、発想が独創的。ハッフルパフは勤勉で友好的、義理堅く善良な精神を持つ。

　ちなみに、私は入るなら絶対にレイブンクローがいいと思っていた。次点でハッフルパフだった。小学生ながら、グリフィンドールやスリザリンの人間とはウマが合わなそうだと感じていた。

　一年間の締めくくりの寮対抗杯の結果を聞いた時、私なら絶対に「アレ、先生の贔屓《ひいき》入ってるよね」と談話室で愚痴ってしまう。その時に一番ちょうどいい塩梅《あんばい》で愚痴に付き合ってくれるのがレイブンクローの生徒なんじゃないかと思う。愚痴というのは互いの温度感と相性が重要だ。グリフィンドールは過激だろうし、スリザリンは陰湿になりすぎるし、ハッフルパフだと温厚すぎる。まぁ、これらは小学生時の妄想なので、ホグワーツの実態とはかけ離れているかもしれないけれど。

レイブンクローなら進級時に互いの成績を比べてライバル心を抱きピリッとしつつも、努力や才能をきちんと認め合えるような友達を持てそうだ。あと、単純に寮のカラーが青とブロンズでカッコいい。……うん、やっぱりレイブンクローだなと今でも思う。幼少期から今に至るまで自身の性格にあまり変化がないのだろう。

「ハリー・ポッター」シリーズが世界に与えた影響は計り知れないが、私に与えた影響だって計り知れない。小学生の頃は何度も同じ巻を読み返していたため、一巻から四巻までの記憶ばかりが妙に残っている。特に一巻の保存状態はひどく、表紙はランリック（※宇治では定番のランドセル代わりのリュックサック）に何度も擦られてガタガタのボロボロになっていた。

最終巻である『ハリー・ポッターと死の秘宝』は二〇〇八年に発売された。その頃には既に高校生になっていた私は、発売日に上下巻を一気に読んだ記憶がある。翌日登校した時には周囲の友人から「絶対にネタバレしないでくれ」と懇願された。

高校生の頃は受験勉強が嫌すぎて、自分が魔法使いだったらどういう人生設計にするかを真剣に考えていた。クィディッチ選手には絶対になれないだろうと想像の世界ですら己の運動神経に早々に見切りをつけており、「魔法動物学」の研究者になって最終的には畜産業で一旗揚げたいなどと妙に具体的な妄想をしていた。

　高校生ともなると、妄想にも奥行きが出るのだった。

　私の「ハリー・ポッター」への愛はずっと不変だったが、とはいえ成長するにつれてどんどんと新しいコンテンツに触れるようになる。大学生になり、「ハリー・ポッター」が「子供の頃に大好きだった作品」に私の中で分類された頃、衝撃的なニュースが入ってきた。二〇一四年にＵＳＪに「ハリー・ポッター」エリアができるというのだ。

　これは行くしかない！　と私はすぐさまチケットを購入した。確か、大学のサークルの友達と一緒に行った。

　オープン当時、「ハリー・ポッター」エリアには入場制限が掛かっており、整理券が無ければ入れなかった。なので整理券に書かれた時刻が来るまで、私たちはうろうろとエリアの入り口周辺にたむろっていた。目隠しのために木々が魔法世界を囲っており、エリア外からはほとんどその姿が見えなかった。それがまた、私たちの期待感を掻き立てた。

　時間になり、私たちは整理券を見せて中へと入った。あの時の感動を言葉にするのは難しい。小さい頃から夢見ていた景色が、そこには確かに存在した。映画の中で見たホグワーツ城、ハリーたちがはしゃぎながら行き来していたホグズミード村。雪の積もる屋根の下、飾り窓には作中に出て来た魔法グッズが当然のような顔をして並べられている。

その光景を見た瞬間、私の中に濁流のように記憶の断片が流れ込んできた。新刊が出るのが待ち遠しくて親に頼んで初めて本屋さんで予約した日、映画館で買ってもらったパンフレット、ボロボロになるまで読み込んだ小説。あぁ、こんなにも自分の人生に作品が染み付いていたのかと実感した瞬間、何故か私の目には涙が浮かんでいた。

アトラクションに乗るよりも先に、私たちはエリア内を歩いて回った。「ハリー・ポッター」の世界を実際に体験できることが嬉しかった。杖《つえ》を売っているオリバンダーの店も、お菓子屋さんのハニーデュークスも、店内に足を踏み入れただけで嬉しい気持ちが膨らんでいった。

そして私たちは満を持してバタービールを飲みに行った。幼い頃の私はビールにバターを入れた味を想像していた。バタースコッチに似た味という形容があったのだが、バタースコッチを飲んだことがなかったせいで想像の味がどんどんとビールに近付いてしまったのである。

実際に購入したバタービールの見た目は、ごく普通のビールだった。「ノンアルコールなのでお子様でも安心してお楽しみいただけます」と書かれた説明文に、それなら酒に弱い私も安心だなと思いながら一口飲んだ。

「ん？」

これが第一声だった。甘い。かなり甘い。見た目がビールなので、脳味噌が大いに混乱した。上の泡がバニラっぽい味で、下は炭酸飲料だった。想像してた味と違う！　と私は思った。実際のところ、美味しいか美味しくないかというより、解釈違いという表現が一番しっくりきた。長年思い描いていたばっかりに、バタービールへの解釈をこじらせてしまっていたのだ。愛ゆえの悲劇である。

やはり好きになりすぎると独りよがりな理想の押し付けになってしまうのかもな、と私はバタービールを飲みながら自省した。口の中が甘かった。

その後バタービールを飲む機会は無かったのだが、夏場にフローズンタイプが出るという素晴らしい情報を入手した。解釈違いを乗り越えた今、フローズンタイプのバタービールはどんな味に感じられるのか。いつかＵＳＪに足を運んだ時にはぜひリベンジしたい。

友達百人できないな〜

最近、耳から離れない歌がある。「一年生になったら〜、一年生になったら〜」というあの歌だ。中身をざっくり説明すると、「小学一年生になったら友達が百人できるかな〜。できたらアレコレやりたいな〜」という妄想を歌った童謡で、子供の頃はよく学校の授業なんかで歌わされた。

この歌の影響なのか、幼い頃は友達って百人くらい作らないといけないのか!? と思い込んでいた。しかし冷静になって考えると、この百人というのは「たくさん」という言葉の比喩だろう。友達たくさんできるかな〜と小学生に入る前の子供が想像して歌っているのだ。なんて可愛い歌なのだろうか！ しかし捻《ひね》くれた小学生だった私は「そんなに簡単に友達が作れるわけあるか、ケッ」などと思っていた。昔から、友達作りは得意な方ではない。かなりの人見知りだし、緊張しいだ。

しかし、小学四年生の時に転校することが決まり、そんな悠長なことは言ってられなくなった。なんせ、ゼロからのスタートだ。誰がどんな人間かも分からないまま、新しい人間関係を構築せねばならない。これは勇気を出すしかない！　と思い切って近くの席の子に話し掛けると、意外と皆気さくに話してくれた。なるほど。最初から相手を毛嫌いしている人はあまりいないのかもな、などと思ったりした。

だけどこれも難しい問題で、小学生の時だったからギリギリ成立したのかもしれない。中学生、高校生になるにつれて人間関係は複雑になるし、仲良くなる基準も変わる。大勢の人とずーっと一緒にいるのは苦しいし、その中で順位をつけられたりしたらさらに息苦しいのは当たり前だ。

思い返すと、学校が『楽しい』という感情だけで構成されていたことなんて一日たりとも無かった。勿論、楽しいことも多い。だけどそれ以上に、苦しいことだって多い。ストレスの根源は人間関係だと思う。でも、苦しさを紛らわせてくれるものも、人間関係だったりするんだよなー。

特に、私は小学校・中学校は普通の地元の公立校だったので、人間のごった煮という感じの空間だった。色々なジャンルの人間がいて、色々な考え方を持つ人間がいて。そりゃあ上手くやるなんて難しいよね、と今となっては思うが、学生時代はもっと鋭い感覚を持っていたように思う。なんというか、絶対にここで生き残ってやる、という感覚。学校に通っていたならどの子も多かれ少なかれ、感じたことがあるだろう。皆が自分の立ち位置の確保に必死だったし、狭い教室の中にはそれぞれの生存戦略がひしめいていた。

私が持っていた戦略の中で最も効果的だったのは、やはり部活だ。小学生の時は金管バンド部の友達と、中学生の時は吹奏楽部の友達と一緒にいることが多かった。ウチの中学の吹奏楽部はかなり大所帯で部員が百名を超えていたので、クラス替えをしても必ず何人かは仲のいい友達と同じクラスになった。顔見知りが必ずクラスにいるというのは、子供ながらに心強かった。

中学時代の吹奏楽部の低音パートのメンバーはこの年になっても親交がある。チューバ、ユーフォ、コントラバスの、私を含めて同じ学年だった五人だ。コロナ前までは一年に一度会うのが恒例となっていて、大体は飲み会だった。なんだかんだ縁が続いているから、「響け！　ユーフォニアム」の主人公である久美子たちも大人になっても友達であり続けるんだろうな、と漠然と思ったりする。

高校、大学になると文系の専門的な学科だったために一気に人間関係のストレスが減った。似たようなものが好きな子が集まっていたということもあるだろうけれど、一番の理由は距離感がちょうどよかったことだろう。自分は自分、他者は他者という線引きがハッキリしていて、他人を必要以上に攻撃しない。それぞれの思考が自由で、意見をぶつけ合うことを喧嘩《けんか》と呼ばない人ばかりだった。

そういえば、高校生の時の担任の言葉で印象的なものがある。進路相談の時の台詞だ。先生は「受験って大学や学部を偏差値で考えがちやけど、これから四年間、自分がどういう環境にいたいかを選ぶってことやねんで。偏差値で学部を決めるのもええけど、どんな人と一緒にいたいか、どんな人にどんなことを学びたいかを考えたら、選択を失敗することは少なくなるんちゃうかな」というようなことを言った。なるほど、人間ねー！　と私は非常に納得した。

　どんな人と一緒に過ごしたいかと考えると、やっぱり本や映画、漫画やゲームといったカルチャーが好きな人たちがいい。そうじゃなくても、他人の好きなものを馬鹿にしない人たちがいい。自分以外の考えをちゃんと尊重できる人、悪いことをすることがカッコいいと思わない人……。

　それで「文学部美学芸術学科」という、就職活動で有利になるとは到底思えない学科を選んだ。就職云々《うんぬん》はまた別問題だから置いておくとして、私はこの学部に入って良かったと今でも心の底から思っている。授業内容が面白かったし、何より気の合う友達ができた。私の大学生活は大成功だったと言える。

　そうしてハッピーな大学生活を終えて社会人になり、「あれ？　友達ってどうやって作るんだ？」と改めて考える機会が増えた。学生時代の時は学校という強制的に他人と接点を持たされる環境があったけれど、会社というのはそういうものとまた違う。それに、小・中・高・大と仲良しだった子とも、会おうとしなければ簡単に縁が切れてしまう。

そうか。大人の友達関係って誰かが繋《つな》ぎ止めようとして初めて成立するものなんだ。そんな当たり前のことに、二十代の半ばを過ぎた頃にようやく気付いた。皆が誰かから声を掛けられるのを待っていては、縁というのは続かない。自分から誰かを誘ったり、社会人サークルやイベントのような新しい何かがある場所に出向いたりして縁の種を蒔《ま》いておかないと、これまで構築した縁がただただ消えていくばかりになってしまう。ちょっと気を抜くだけで、大人はすぐに孤独になる。

だからといって、友達がいればいるほど幸せかというとそういうわけでもない。大勢の人間と一緒にいるとそれはそれで新手《あらて》の悩みも出てくるし……。楽しさと煩わしさは紙一重なので、管理が非常に難しい。

でもやっぱり、友達は百人も必要ないな！　そして一人に絞る必要もない。昔と違って皆が同じ環境にいるというわけではないから、どれだけ仲が良くても疎遠になる子だっている。転勤したり、結婚したり、子供ができたり、海外に行ったり、行き詰まったり……それぞれのライフステージがあって、その時その時で状況は変わる。

それでも小さな縁を保っておけば、ふとした瞬間にまた一緒に遊びに行ったりする仲になることもある。大人の友情とは多分、そういう柔軟な関係性を指すんだろう。毎日放課後に一緒に帰るから友達！　なんて分かりやすいものじゃないけれど、ちょっとした時に相手のことを思い出して「ふふっ」と笑ったり、「大丈夫かな？」と気になったりする。

　そういう関係性が素敵だと感じるようになったのは、自分が少し大人になった証《あかし》なのかもしれない。

その沼、深し

私はこれまで、「仮面ライダー」をあまり真面目に見たことがなかった。自分が子供の頃は『セーラームーン』や『おジャ魔女どれみ』に夢中だったし、六歳下の弟が「仮面ライダー」を嗜《たしな》むようになった頃には私は部活で忙しくなり、日曜日にテレビを見る機会も減った。

そうこうしているうちにあまり特撮文化に触れることなく大人になった。昔から、私はドラマより映画を見ることが多い。話数が多いと時間がかなり必要だからだ。ましてや特撮なんて、五十話、一年間分もあるじゃないか！　絶対に見れないよ……などと思っていたこともありました。

私が『仮面ライダー龍《りゅう》騎《き》』を見るようになったのは、公式YouTubeで配信が始まったことがきっかけだった。一週間に二話ずつ配信されるため、大体半年で見終える計算だ。仮面ライダー龍騎は「仮面ライダー」シリーズの中でも異色の作品らしい。リアルタイムで放送されていたのは二〇〇二年から二〇〇三年の一年間。

十三人の仮面ライダーが、自らの望みを叶えるために最後の一人になるまで戦い続けるという、バトルロイヤルシステムを採用している。戦いの舞台は鏡の中にある世界、ミラーワールドだ。主人公である真司《しんじ》は見習い記者で、事件の取材中にひょんなことから仮面ライダーたちの戦いに巻き込まれていく。

えっ、これが子供向けの時間帯に放送されていたの⁉ と最初に見た時はとても驚いた。仮面ライダーなのに悪人が出てくるし、登場人物がナチュラルに死ぬ。仮面ライダーという正義のヒーロー像と人間の持つ剝《む》き出しの欲が非常に対比的で、ストーリー展開のインパクトがさらに増す。

最後まで正解を探し求める、戦いをやめさせたい主人公の真司。意識不明となった恋人を救いたい蓮《れん》。物語は基本的にこの二人を主軸に進み、終盤に差し掛かるにつれてそれぞれの思惑が複雑に絡み合っていく。お人良しな真司とクールな蓮という王道のメインキャラの組み合わせは、やはり安定していて引き込まれる。

私が衝撃を受けたのは、仮面ライダー王蛇に変身する凶悪殺人犯の浅倉威《あさくらたけし》だ。本当にヤバい男で、とにかく闘いに飢えている。理由もないのに攻撃的すぎて怖いこの男、作中で脱獄しては捕らえられるを繰り返すのだが、後半では映画『羊たちの沈黙』のハンニバル・レクターくらいにガチガチに拘束されている。これを当時の子供たちは朝から見ていたのか……と一昔前のテレビの寛容さに驚いた（なお、当時でも苦情が殺到していたらしい）。あと、非常にワイルドでセクシーな雰囲気を醸し出しているので、その辺りも驚いた。

　ちなみに、私が最も好きなのはゴローちゃんこと由良《ゆら》吾郎《ごろう》。仮面ライダーゾルダであるスーパー弁護士・北岡《きたおか》秀一《しゅういち》の秘書兼ボディーガードを務めている。ゴローちゃんは最近の言葉で言うところのスパダリのような存在で、料理も上手く喧嘩も強く、さらに優しい。北岡を常に気に掛けているところも、献身的なところもグッとくる。ギャグもシリアスもさらりとこなすゴローちゃんには幸せになって欲しかったのだが……。

『仮面ライダー龍騎』に登場する仮面ライダーたちはそれぞれの望みを抱いて戦いに挑むため、新しい仮面ライダーが登場する度にこの人はどういう目的で仮面ライダーになったんだろうと気になってしまう。さらに恐ろしいのが、一度仮面ライダーになると死ぬまで戦いをやめられない。戦いに敗れた仮面ライダーたちの運命は、非常に残酷なものとなる。

　あまり細かく書くとまだ見てない方へのネタバレになるため控えるが、この『仮面ライダー龍騎』という作品はラストに向けての怒濤《どとう》の展開が本当に素晴らしい作品だった。

　現在、このエッセイを書いているのは、龍騎の最終回の配信を見終えた直後だ。本当は書くつもりはなかったのだけれど、最終回を迎えたことがあまりに寂しすぎてつい色々と書いてしまった。

私はこれまで特撮沼にハマっている人のことを遠目で眺めていたのだけれど、気付けば自分も片足を突っ込みそうになっている。なんと恐ろしい！　と思いつつも、沼にハマってしまうことに期待している自分がいる。

特別の作り方

——おとなは、だれも、はじめは子どもだった。（しかし、そのことを忘れずにいるおとなは、いくらもいない。）

初めてこの文章に触れたのは、確か小学生の高学年の頃だった。フランス人飛行士であり作家でもあったアントワーヌ・ド・サン＝テグジュペリの名作小説『星の王子さま』の一節だ。

小学生の時、私には学校の図書室に仲の良い司書の先生がいた。面白い本を勧めてくれたり、新しい本が入荷したら教えてくれたり。「先生が好きな本ってなんなん？」そう聞いた私に、「『星の王子さま』かなぁ」と先生は答えた。大人で物知りな先生が好きだというのだから、よっぽどすごい本なのだろう。そう思った私は早速その本を借りることにした。

『星の王子さま』は一九四三年にアメリカで出版された。挿絵はサン＝テグジュペリ自身が描いたもので、素朴というか、なんとも味のある絵をしている。

あらすじはこんな感じだ。

飛行士である「ぼく」は、不幸にもサハラ砂漠に不時着してしまう。一週間分の水しかなく、周囲には人の気配もない。不安でいっぱいだった「ぼく」は、翌日に不思議な少年と出会う。彼はとある小惑星からやって来た王子さまで、地球に辿り着くまでに様々な星を巡っていた。

「ぼく」が飛行機修理に勤《いそ》しむ傍らで、王子さまはたくさんのことを話してくれた。

王子さまの住んでいた小さな星には、一輪の赤いバラと、星を割いてしまうほど巨大になるバオバブの木の芽があった。王子さまは赤いバラを大事にお世話していたのだが、バラと喧嘩してしまい、他の星を見てまわる旅に出ることにしたのだ。他の星には変わった大人が住んでおり、王子さまは彼らと様々な話をした。そして、七番目にやって来たのが地球だった。

昔からこの小説の哲学に惹かれていて、ずっと大好きなんです！……なんて言えれば良かったのだが、残念ながら子供の頃の私はあまり面白さを感じ取れず、「よくわから話やなぁ」という感想しか抱かなかった。

小学生の私には、理解力が足りていないせいで内容をちゃんと把握できなかった作品がたくさん存在していた。それは綿矢《わたや》りささんの『蹴りたい背中』だったり、森鷗外《もりおうがい》の『舞姫』だったり、夏目漱石《なつめそうせき》の『こころ』だったりした。そういう本に出合うと、これを読むにはまだ自分の人生経験が足りていないのかなーと思い、数年後に読み返すぞリストに書き記していた。興味深いことに、何年か経ってから同じ本を読むと、つまらないと感じていた本がめちゃくちゃ面白かったりする。本を読んでどう感じるかというのは、本そのものの魅力ももちろん重要だけれど、読み手側がどういう状態であるかがかなりの比重を占めるのだとその時に知った。それ以来、何かを「面白くない！」と言い切ってしまいそうになる時には、今の自分の精神状態はどんな感じだろうと考えるようにしている。

その後、『星の王子さま』を私が再び読んだのは中学三年生の時だった。吹奏楽部の自由曲で樽屋雅徳《たるやまさのり》さんが作曲した『星の王子さま』を吹くことになったのが理由だった。「曲を吹いてる時に、この部分はこういう場面でこういうイメージやって分かるように、原作もちゃんと読んでや」と顧問に言われ、吹奏楽部内では『星の王子さま』ブームが到来した。各パートで小説の貸し借りが盛んに行われ、読書が苦手な子のために視聴覚室で映画版『星の王子さま』の鑑賞会も行われた。

中学生になった私が再び『星の王子さま』を読むと、小学生の時にはよく分からなかったところも理解できるようになっていた。へんてこな大人として描かれている星の住人たちは、ありふれた大人の姿だった。こういう時間の使い方をついついしちゃうなーとしみじみしてしまい、理解できてしまった自分がちょっと寂しかった。

中でも私が一番気に入ったのは、王子さまの赤いバラについての考えだった。王子さまは自分の星に唯一咲く赤いバラを大事に育てていたのだけれど、地球にやって来た際にバラの群生に遭遇する。自分が特別だと思っていたバラは実は特別でもなんでもなく、ごくごくありふれたものだったのかと王子さまはショックを受ける。そこでキツネと出会っていくらか言葉を交わすのだが、キツネはバラがかけがえのないものになったのは王子さまがバラのために時間を費やしたからだと言う。それを聞いた王子さまは、たくさんバラがあったとしても自分が大事に育てたバラがやはり自分にとって一番のバラだと気付くのだった。

その頃の私は特別になりたかった。幼い私の内側は自尊心と自意識でパンパンに膨れ上がっていて、なのに実際は自分がごくありふれた人間だと気付き始めていた。自分が口先だけの、何の才能もない人間だと思いたくない。特別になりたい。今は道端に転がる石ころみたいな存在でも、特別になればきっと皆が自分を尊重してくれるはず！

じゃあ特別って何なの？　と当時の私に尋ねても、「いやー、なんか凄い人のことちゃう？　知らんけど」というなんとも漠然とした答えしか返ってこないだろう。幼い私は特別が何を意味するかにはちっとも興味が無くて、ただ自分が特別な待遇を受けたいと願っていただけだった。

でも、『星の王子さま』に出てくる特別は私の思っていた特別とは違った。自分にとって特別なものというのは最初から存在しているわけではなくて、時間や手間暇をかけることで作り上げていくものだった。一緒に過ごした時間が、ありふれたものを特別なものにしてくれる。キラキラ光る貴重な宝石は皆にとって特別だけれど、河原で拾った石だって大切にしていれば自分にとって特別だ。特別とはそういうことなのだ。世の中にはたくさんの種類の特別があるのに、私がそれに気付いていないだけだった。

皆にとっての特別なんて求めてもしんどいだけだから、自分にとっての特別を大切にしようとその時に決めた。特別な家族。特別な友達。特別な恋人。特別な時間。特別な物。たくさんの特別を増やしていくうちに、私自身も相手にとっての特別になった。

大人になり、ルームシェアをしていたＮちゃんと一緒に箱根旅行に行った際に、星の王子さまミュージアムにも足を運んだ。

中は遊園地のアトラクションを待つ時に通る場所みたいな、なんともポップな展示だった。『星の王子さま』そのものよりもサン＝テグジュペリについての情報の方が多かったが、彼の人生を知ってからエッセイ集の『人間の土地』を読むと、当時の飛行士がどれだけ危険な職業であったか、彼が何を考えていたかをより深く知ることができて興味深かった。

帰り際、私とＮちゃんはミュージアム内にある可愛いレストランで可愛いワッフルを食べた。カラフルな星がちりばめられたワッフルをナイフで切りながら、私は先程ショップで購入したウワバミのストラップはどこにつけようと考えていた。これもまた、特別な友達と過ごした特別な時間だ。こうして積み重なった時間たちが、『星の王子さま』を私にとって特別な本にしたのかもしれない。

推しとは何ぞや

二十代前半の頃、「好きなアイドルや俳優はいないの？」とよく聞かれた。そしてその度に「いや〜、いないですねぇ」と面白みのない返事をしてきた。

私の周りにいる女たちは、ジャニーズや舞台俳優を追いかけている人が多い。推しを追いかけている人間は輝いていて、何だか人生が楽しそうだ。推しのためにスケジュールを組み立て、推しによる供給が日常の刺激となっている。私だって推しが欲しい。

だが、そもそも推しとはなんぞや。

アイドルや俳優を好きになるってことだろうか。そうは言っても、単なる好きの感情を「推す」とは呼ばない気がする。他のユニットやメンバーより贔屓します、熱烈に応援します、めちゃくちゃファンです！　とか、そういうニュアンスで正しいのだろうか。

私の世代の男性アイドルといえば、嵐だ。こういう場ではさん付けで書いた方がいいだろうかと毎回悩むのだが、ユニット名にさん付けするのは自分の中で違和感があるので以下敬称略とする。

私が学生の頃、『花より男子《だんご》』がとにかく大人気だった。原作は少女漫画で、ドラマ化、映画化もされた作品だ。主人公の貧乏少女、牧野つくしとＦ４と呼ばれる大金持ちの男子グループの人間関係を描いたストーリーで、ギャグありシリアスありの傑作である。恋愛ドラマに全く興味が無かった私ですら見ていた。このドラマには松本潤《まつもとじゅん》さんが出演し、さらにエンディングテーマを嵐が歌っていた。嵐人気はとどまることを知らず、友人たちはやれ松潤派だやれ櫻《さくら》井《い》翔《しょう》派だと盛り上がっていた。

だけど私はどうにも男性アイドルを推したいという気持ちにはなれなかった。これは多分、私なんぞが推すだなんておこがましいですよね……みたいな捻くれた感情が根っこにあったからな気がする。卑屈をこじらせていると、応援している自分を過剰に意識しすぎてめんどくさい奴《やつ》になってしまう。

じゃあ、自分の人生で本当に推しがいなかったのか。考えて考えて、最近になってようやく気付いた。そういえば、私の生活に侵食しまくっている存在がいた。オードリーだ。オードリーと言っても女優のヘプバーンの方ではなく、芸人の方だ。侵食しすぎているせいで、もはや推しという概念すらなかった。

私がオードリーを知ったのは、二〇〇八年頃だった。恐らく、大半の人がそうだろう。

あの頃はお笑いブームで、とにかくネタ番組が多かった。その一つである『爆笑レッドカーペット』でオードリーを見掛けて以来、何故だかよくわからないがドハマリした。M−1グランプリで準優勝した後は、恐ろしいことにテレビ番組表で出演番組を検索しては、全番組を録画していた。確か、私が中・高生の頃だ。録画データの容量を圧迫するせいで家族にはかなり嫌がられていた。

　あの頃のオードリーはとにかくテレビに出ていたので、私は途中で全てを追い掛けることを諦めた。だが、ラジオだけは必ず聴くようにしていた。当時学生だった私はラジオなんて聴いたことがなく、使い方すらよく分からなかった。多分、オードリーがいなければ芸人のラジオを聴いてみようなんて思わなかっただろう。

　初めてオードリーの『オールナイトニッポン』を聴いた時、ラジオってYouTubeに似てるな、と思ったことを覚えている。当時のテレビ番組は人数が多いものばかりだったから、推し目当てでテレビをつけてもそれ以外の人の話をずーっと聞かなければならなかった。だけど、ラジオはそうじゃない。小規模で、アットホーム。そんな空気感が心地良かった。

　芸能人なのにYouTuberみたいなファンサービスをやってくれてありがたいなーと当時の私は真剣に思っていた。「写ルンです」の写真を見て、スマホのフィルター加工みたいな仕上がりだ！　と今の子が思っちゃうのに似た感覚だ。媒体に対して知識がないと、順番が入れ替わった発想になるのだろう。私が人生で初めて聴いた音声のみのバラエティーコンテンツはYouTuberのネットラジオだったから、無意識にYouTubeを全ての基準にしてしまっていた。

高校生の頃は数学の勉強をする間はオードリーのラジオ番組を聴いてもいいというルールにしていた。しかし、すぐ笑ってしまうせいでちっとも知識が頭に入って来なかった。アレは失敗だったな、と今でも大変反省している。せめて生物の勉強の時にすべきだった。

あれから十年以上経ち、二十八歳になった現在でもラジオを聴いているのだから、なんだかちょっと怖くもある。好きが持続するのって、実は凄いことだ。相手がいなきゃ成立しないことだから。

なんで自分はこんなにもオードリーが好きなのか。それを考えると、やっぱり推しとはなんぞやという話に戻って来る。私は卑屈だから、推している最中に自分を客観視するのが辛い。だけどお笑いが好きだと思う時というのは大抵面白くて笑っている時で、そうやって笑っているタイミングでは自分のことなんてどうでもよくなる。学生時代の私がお笑いに傾倒していたのも、多分、それが理由だ。笑うことで救われていたから。

あの頃の私は確か、何をもって自分は面白いと感じるのだろうという謎を探求することに一生懸命になっていた。「面白い」の破壊力というのは凄い。鬱屈した感情も吹き飛ばしてしまうし、悲しかったこともその瞬間は忘れてしまう。

芸人さんのように自分も小説で誰かを笑わせられないだろうかと、高校生の頃はネタやトーク番組の書き起こしなんかもしていた。だけど結局、演技や話し方、間の力に敗北した。小説には小説の適したやり方があるんだと悟ったのはその時だ。今、その時に得たもので小説を書いているつもりだが、ちゃんと活《い》かせているかはかなり怪しい。

そんなこんなで私はずっとオードリーが好きだ。お二人が年を重ねても、それは変わらない。自分の好きな相手をずっと好きでいられることは、本当に幸せなことであると大人になった今では知っている。

時間の流れと共に環境や考えも変わるし、自分だって相手だって昔のままでいられない。そもそも相手の中身が昔のまま変わっていない場合、推し続けることは難しい。変化する自分と変化しない相手の間に齟齬《そご》が生まれてしまうからだ。推す対象が変わることもあるし、自分の中から他人を推す気持ちがサッパリ消え去ってしまう時だってある。推しが引退して忽然《こつぜん》と姿を消してしまうことだって珍しくない。でも、多分、だからこそ推してる時って楽しいんだろうな、と思ったりする。推したいという気持ちはとても儚《はかな》いものだから。

大人になった私は学生の時の私とは違う。番組を追い掛けることなんて到底できないし、忙しすぎる時はラジオも聴けない。社会人の時間はとにかく貴重だから、推しに割ける時間も限られている。だけど、大人になったからこそできる楽しみ方もある。ＤＶＤを買ったり、本を買ったり、ネットイベントに参加したり。

数年前から「日向坂《ひなたざか》で会いましょう」という日向坂46の番組を偶《たま》に見るようになった。推しがＭＣをしているからである。もしもＭＣが別の人間だったら、私は多分、彼女たちを知らないままだっただろう。そうでなかったこの世界線に乾杯！　と割と真面目に思っている。

全力で番組収録に挑む女の子たちを見ていると、どんどんと推しが増えてしまうので最近はとてもとても困っている。所謂《いわゆる》、嬉しい悲鳴というやつだ。

フラグの恩返し

二〇二一年の六月から「ウルトラジャンプ」で『花は咲く、修羅の如《ごと》く』という漫画連載が始まった。放送部を題材にしたお話で、原作担当が私、漫画担当がむっしゅさんだ。「漫画を描きませんか」という依頼が届いた時、正直に言うとかなりテンションが上がった。小学生の頃は漫画の原作者にもなりたいと思っていたからだ。大学生になり、デビューが決まり、そのまま小説家という道を進んできたのだけれど、こんなところで幼い頃の夢と自分の仕事が交差することってあるんだ！　と驚いた。作家って本当に自由度の高い職業だ。

小学生の頃に私が好きな漫画は何だっただろう。「少年ジャンプ」だったら『ONE PIECE』『NARUTO―ナルト―』『HUNTER×HUNTER』『シャーマンキング』『BLEACH』『アイシールド21』なんかを読んでいた。あとは母親の影響で『ガラスの仮面』や『ポーの一族』『シャカリキ！』『め組の大吾』を何度も読み返していた記憶がある。

家にはとにかく漫画があったのだけれど、それだけでは小学生の私が漫画原作者になりたいと思うことはなかっただろう。漫画を作るということに関しては一つ、印象的な思い出がある。

小学生の頃、Ｙちゃんという友達がいた。とにかく絵が上手くて、休み時間や授業時間中に自由帳に絵を描いていた。優しくて素敵な女の子で、幼い私はとにかくこのＹちゃんのことが好きだった。

私の通う小学校では当時、校則で漫画の持ち込みが禁止されていた。するとＹちゃんは「持ち込むのがダメなら描けばいいんだ！」と自分で漫画を描いたのだ。Ｙちゃんがページを描き進める度に、私は友人たちと共にそのノートを回し読みしていた。

なんて凄い才能だ！　と衝撃を受けたのを今でもよく覚えている。それまで私はこんな風に自分でゼロから作品を作る子を見たことがなかったので、これが本物の天才ってやつか～とビックリした。その頃には既に私もゆくゆくは小説家になりたいなぁとぼんやりと考えていたのだけれど、自分の書いた小説モドキはＹちゃんの作品と比べるとクオリティーが低すぎた。なんせ、最初の二ページほどしか書けていない。当時の私の小説は全て、起承転結の起しかなかった。

自分にはまだ何もかもが足りていないんだと自覚したのはその頃だった。書きたいものがいくらあっても、それを再現する技術が足りなすぎる。

そういえばＹちゃんは絵を描くのにデッサン？　とかいうやつをやってたな。じゃ、それの小説版ってなんだ？　そう思い、最初にやり始めたのが「文章デッサン」だった（果たして、そういう呼び方で正しいかは分からない）。授業中の教室、通学路、病院の待合室……。普段の生活中、視界に入った風景を脳内で情景描写していくという、ただそれだけの習慣だ。

あとは、映画や漫画の「勝手ノベライズ」。これはその呼び方の通り、好きな映画や好きな漫画を一から小説として文字に起こしていくという遊びだった。

その他に、好きな作家さんの文章を真似してちょっとした文章を書く「モノマネ」とか、あみだくじでストーリーの流れを決めて短いお話を作る「あみだＳＳ」とか、そういう遊びをよくしていた。こうして思い返すと、一人遊びが好きな小学生だったなぁとしみじみ思う。私の家は一人親だったので、母親が仕事から帰って来るまでの時間を潰すため、色々と自分で遊びを生み出す必要があったのだ。

まぁ、そんな遊びばかりをずっとしていたので、母親にも私が作家になりたいことは筒抜けだった。というか、作家になりたいと言いふらしている子供だった。

家に帰って私がＹちゃんの話をすると、母親は「これからは分担して漫画を描く人もどんどん増えていくやろうし、別にアンタもストーリー担当の方を目指せば漫画家になれるんとちゃう？」と言った。ほう、そんな手があったのか！　と目から鱗《うろこ》だった。確かに、「週刊少年ジャンプ」でもストーリー担当の人向けの賞について載っていた。

早速私は小学校に行き、Ｙちゃんに「最近はストーリーと絵の担当が別々の漫画家さんがいるらしい」という話をした。「じゃあ一緒に漫画を作ってみる？」という話になり、私とＹちゃんで漫画を描いたりした。確か、当時やっていたゲームの世界観の漫画だった。自分の書いた文章に、絵が付いている！　凄い！　と大興奮していた。通学路を歩く時は、Ｙちゃんが描いたノートを広げてニヤニヤしていた。

いま思うと、『バクマン』みたいなことを小学生のうちにしていたんだなー、と思う。贅沢《ぜいたく》な人生経験だ。もしも二人でオリジナルの漫画を描いて出版社に持ち込んでいたらどうなっただろう。二人で漫画家になっていたのだろうか。或いは、Ｙちゃんだけが才能を認められて、私はやっぱり小説家になっていたかもしれない。

Ｙちゃんとは中学であまり喋らなくなり、高校では別々になった。大人になってからはすっかり疎遠になったので、彼女がどうしているかは全く知らない。ただ、漫画原作の依頼が来た時に、急にあの頃のことを思い出した。二十年ぶりの伏線回収だ。

人生はそうやって、思いもよらないタイミングで伏線を回収することがある。「あの時立ててもらったフラグです……」と過去が急に恩返しに来たり。

私は歯を食いしばってでも自分の人生を全力で楽しむと決めているので、これからもどんどん未来のために伏線を仕込んでいくつもりだ。

次はどんなことをしようか。今のところ、それを考えている時が一番楽しい。

第三章
……コロナ禍でしんどかった頃の話

大人の証

コロナ禍になってすぐの頃、オンライン飲み会なるものが流行した。使われるのは大体Zoomで、平日の二十一時ぐらいから始まることが多かった。

私は元々お酒に弱いので、飲み会にはあまり参加しない方だった。それでもなんだかんだ言って月に数回は飲み会の誘いがあり、学生時代の友人や作家友達、出版社関係の人と飲んでいた。それがコロナでぱったりとなくなったのだから、元々飲み会好きの人は相当応えただろうと思う。

オンライン飲み会は、大勢で飲むのには向いていない。体感的に、上限は三人だろうか。普段の飲み会であれば、例えば十人で飲む場合、三人・三人・二人・二人といった具合に小さなグループで分かれて会話するのが普通だ。しかしオンライン飲み会になると途端にそれが一人対九人になってしまう。誰が喋るかのタイミングを見計らうのも難しいし、話し声が聞き取りにくいし、やっぱり飲み会は直接会うに限るな……なんて思ってしまう。

しかし、三人程度であればそこまでストレスも溜《た》め込まない。それに家で飲めば終電を気にしなくてもいいし、パジャマのままベッドに直行することもできる。最近も、大学時代の友人T（一緒に清水寺に行った名古屋出身の友達）とYとオンライン飲み会をした。この二人とは三か月に一度ほどのペースで喋るのが恒例行事となっている。家で飲む時、私はアルコール度数が三％くらいの缶チューハイしか飲まない。それ以上飲むとすぐに酔って、楽しい気分になる前に気持ち悪くなってしまうからだ。私の酒に弱い体質は両親からの遺伝で、なんでも父親は結婚式の際に御神酒《おみき》で酔っ払って倒れたらしい。

酒を飲む時の私の楽しみは専らつまみだ。昔から、チータラやジャーキーといった珍味系が大好きだった。酒なんていらないのでそれだけずっと食べていたいと思う。

友人と飲む時もそれは同じで、宅飲みをする場合はテキトーに自分でつまみを作る。私が大ハマリしているのはカネテツデリカフーズの「ほぼカニ」というカニカマで、あれをよくバター醤油《じょうゆ》で焼いて食べている。真夜中にフライパンで焼いていると、ジュウジュウと醤油が焦げる音とバターの香ばしい香りが混じって最高なのだ。

あとは、冷凍食品のフライドポテト。あれをノンフライヤーに放り込み、二十分ほど加熱する。その後、出来上がったポテトに小さく切ってカリカリに炒《いた》めたベーコンを混ぜ、その上にとろけるチーズをトッピングする。チーズを増やせば増やすほど見た目の頭の悪さは増すが、ジャンキーさがプラスされて美味なのである。尚、飲み会は大体深夜まで続くので、これを食べた翌日は体重を心配する羽目になる。

先日の友人との飲み会での議題は「結婚」についてだった。もう少しで三十歳という年齢になると周りには結婚している友人も増え始め、どのコミュニティに属しているかで話題も少しずつ変わっていく。大学生時代は「○○君とこの前初めてデートして～」とか「この前の合宿で××先輩に告白されて～」みたいな話をキャッキャッとしていたが、今では「結婚したら自分の名字が変わるのが納得いかなくて～」だとか「家を買うならマンションか戸建て、どっちがいいのかな～」だとか「保育園に入園できるか心配でさ～」といったなんとも現実めいた話が主流となってくる。凄い、大人みたいだ……！　と毎度のことながら感慨深くなってしまうのは、自分が大人になる儀式をすっ飛ばしているからかもしれない。

組織の中で働く人たちは、自分の立ち位置というのを常に意識しなければならない。上司と部下。配属先。会社の業績。そうしたものを考えながら組織の一員として動く。その間に人と人の間で揉まれ、振る舞い方を身につけていく。

しかし作家はどうしても個の側面が強いので、そうした社会のルールというものを知らずに過ごしてしまったりする。さらに私は学生時代の延長のような形で仕事を続けてしまったので、自分の年齢を改めて確認する機会があると「もう立派な大人じゃん！」とビックリしてしまうのだ。

私が作家になったのは二十歳の頃で、その当時、多くの大人が私に手を差し伸べてくれた。年上の編集者さんが色々と世話を焼いてくれたり、私がふさぎ込まないようにお茶に誘ってくれたり。あの頃は助けてくれた人のことをずっと年上の大人な存在に思っていたが、あれから十年経った今、当時の彼らの年齢を通り越してもまだ、自分が大人になった実感はない。

多分、大人っていうのは状態じゃなくて、『役』なんだろうな。あくまで相対的なものであって、世界に私一人しかいなければ私は別に大人でも子供でもない。子供の前、後輩の前、若者の前。そういう時に、人は頼りになる大人の役を演じる。その振る舞いを社会で続けることこそが、大人になるってことなのだ。

だから、内面が大人になり切れないことを不安に思う必要って本当はあんまりないはずだ。というか、不安に思ったところでどうこうなるもんでもないから、そんなことで気落ちするくらいならカニカマを焼いて食べた方がいい。「そう頭

では分かってるんだけどなー……」と呟《つぶや》きながら、結局いつになっても不安を飼いならせず、真夜中にソファーで寝そべっている。

もしかすると、こうして悩むことこそが自分が大人になったという証なのかもしれない。

原稿ビフォーアフター

私には非常に仲の良い友達がいる。高校時代からの付き合いで、名前をSという。彼女は私の恩人だ。何がどう恩人かというと、高校時代の私の執筆に辛抱強く付き合ってくれた相手だったのである。

私が入学した高校は京都市にある。宇治市の私の実家からは遠く、片道で一時間半ほど掛かった。横には太秦《うずまさ》映画村があり、通学中の電車から江戸の街並みをちらりと覗くことができる。最初の頃は京都の風景を窓から眺めることを楽しんでいたが、そんなものは三日と経たずしてすぐに飽きた。そのため、通学中は本を読むことが多かった。

友人Sと初めて会った時のことは全くといって覚えていない。それどころか、二人がどうして仲良くなったかすら記憶がない。ただ、私たちは共に本が好きだった。

高校生になってすぐ、私は運動部に憧れて空手部に入部した。そして一週間も経たない間にすぐに辞めた。朝練がきつすぎたのが理由だった。

その後、私はSを含む友人三人と共に悠々自適な帰宅部ライフを送るようになる。基本的には教室の隅で雑談をしたりお菓子を食べたり、マクドナルドに行ったりしていた。それから私が再び部活に入ろうと重い腰を上げたのは、高校二年生の頃だった（あれ、一年生の冬だったかもしれない）。文芸部なるものがこの高校にあると知ったのだ。

文芸部は正直に言うとあまり活気がある部活ではなかったので、一人で入るのが恐ろしかった。そのため、「頼む！　一緒に入ってくれー！」とSにお願いした。実際に入部するとほとんど個人活動で、部誌を出す時に顧問に原稿を渡しさえすればいいというルールだった（現在の母校の文芸部は私の頃よりも人数が増え、定期的に集会などを行っているらしい）。

そこから私の執筆欲は掻き立てられ、とにかく夢中で小説を書いた。なんということでしょう！　と言いたいくらいに、最初の頃の原稿と一年後の原稿には明らかに違いがある。やはりどんなことでも数をこなすことが一番なのかもしれない。

そして私の筆力が上がれば上がるほど、学校の成績が下がった。勉強そっちのけで小説ばかり書いていたのが原因だ。これに関しては今でも色々と思うところがある。もっと勉強をしておけば浪人しなくて済んだな……という気持ちと、でもこの時に本を書いていなければ十九歳の時に書いた原稿ですぐ作家デビューという流れにならなかっただろうしな……という気持ちだ。私の人生において、どちらが良かったかは分からない。

話は逸《そ》れたが、私が浪人している間にSは地元の大学に合格していた。Sが新しい環境でキャンパスライフを送っている間、私は毎日せっせとガラケーで書いた小説を連載と称して送りつけていたのである。なんと恐ろしい。Sは私が書いた小説を律義に読んでくれていた。あの頃はSに読ませるために小説を書いていたといっても過言ではない。

作家デビューが決まった時も真っ先にSに報告したし、アニメ化が決まった時もSに報告した。私が東京に住むようになってからも、三か月に一度のペースで会っていた。私が京都に帰っていたのは、猫のバロンとSに会うためみたいなところがあった。

ところが！　コロナになってから京都に戻ることがなくなり、Sと会う機会もぱったりと減った。Sとこんなにも会わないことがあったのは初めてだったので非常に寂しい。

最近では二人で同じスマホゲームを始め、その感想をLINEで共有したりして楽しんでいる。会えなくても一緒に楽しいことはできるが、それでもやはり気軽に京都に帰れる日が早くやって来ればいいのにと思う。

地震、雷、火事、歯医者

人生には怖いものがたくさんある。地震、雷、火事、親父《おやじ》……なんて言葉もあるが、私だったら親父よりも歯医者の方が百倍怖い。

なぜ突然そんなことを言い出したかというと、現在、歯医者の待合室でこのエッセイを書いているからだ。虫歯の治療ではなく、定期健診のためにやって来ている。真っ白な内装は素敵だが、そのくらいでは漠然と湧いてくる恐怖感を和らげることはできない。あー、歯医者が怖い。

ところで、一説によると人間の歯は一本で百万円の価値があるらしい。大人の歯は二十八本〜三十二本あるそうなので、口全体の価値は約三千万円。つまり、我々はフェラーリ一台を口に突っ込んだ状態で生活しているようなものだということだ。

しかしながら、私には生まれつき大人の歯が二本ない。先天性欠如歯というもので、現代だと十人に一人の割合で見られるそうだ。人によっては親知らずが先天性欠如歯のこともあるらしい。右奥の親知らずの抜歯のために大学病院で二時間をかけて手術した私からすると羨ましい話だ。

　私の先天性欠如歯は下の歯が二本。大人の歯がなかったために、今でも子供の歯が現役バリバリである。大人の歯と子供の歯の一番大きな違いは根っこの長さで、子供の歯の場合は歯茎が下がったりするとコロンと抜け落ちてしまうらしい。「インプラントにしませんか」と二十代前半の頃から言われているが、手術が怖くて避け続けている。

　大体の話、歯医者ってなんだかよく分からない。素敵なレストランで食べている途中で「良いお肉が入っているんですよー」とシェフに提案されるのと同じような気軽さで、「セラミックがオススメですよー」などと言われる。私が今まで通っている歯医者はどこも良心的なところで治療方法を細かく説明してくれていたが、そうは言っても虫歯の治療中に「ところで治療メニューはどうします？」と聞かれるとドッキン！　と心臓がビックリしてしまう。そういうことは治療前に知りたい。

　さらに言うと、口の中で何が行われているか分からないところも怖い。ガガガガ、キュキュキュ、シュウィーン！　とおよそ工事現場でしか聞こえない音が口内で鳴り響き続けているのだ。怖すぎる。

　加えて私を悩ませるのが歯の着色だ。私は締め切り前でストレスが溜まると、紅茶やほうじ茶をがぶ飲みしてしまう。茶色の液体を何杯も飲んでいると自然と歯に色がついてしまい、その汚れを落としてもらうためにも歯医者に行かなければならなくなる。子供の頃は歯の着色なんて気にしたことがなかったというのに、大人になると肌やら歯やら気になるところが増えてくる。

　さらに言うと私は小学生の頃から顎関節症《がくかんせつしょう》も患っているので、歯医者で口を開ける度に大変なことになる。一時期、虫歯がないにもかかわらず奥歯あたりの痛みに苦しめられていたことがあった。長い間悩んでいたのだが、たまたま別件で整体に行った際に顎の筋肉が硬くなりすぎているのが原因だと発覚した。歯医者さんでは「痛みがないはずなのに痛がりすぎですよ」と注意されていたのだが、とんだところに伏兵がいたわけである。筋肉！　そんなの気付けるわけがない！

　そういうわけで、ここ数年は顎関節症の治療をしながらガチガチに硬くなった顎の筋肉をほぐしている。「ほぐしますよ〜」と整体師は朗らかに言ってくるが、これが新手の拷問かと思うくらい痛い。本当に痛い。私が一体どんな罪を犯したというんだ……と治療を受けながら毎回思う。

　私は執筆中に歯を食いしばる癖があるので、締め切り前になると毎回顎の筋肉がガチガチになってしまう。そしてストレス発散にほうじ茶をがぶ飲みし、歯のクリーニングのために歯医者へ……というループを繰り返している。このままじ

ゃいけないと思いつつ、こうしたちょっと怠惰な日々が心地良かったりもする。

とはいえ歯医者で大きな治療をする羽目になるのは本当に嫌なので、口の中にあるフェラーリをこれからも大切にしていきたい。

特効薬：リングフィットアドベンチャー

小学校の頃、通知表の体育の評定は大抵ろくなもんじゃなかった。運動が嫌いだったからだ。

私の母親の教育方針の中にはいくつか奇妙なものが紛れ込んでいて、そのうちの一つに「ドッジボールが強ければ小学校生活はなんとかなる！」というものがあった。今の子たちは多分、ドッジボールで使用されるボールといえば柔らかいふわふわなものを想像すると思うが、私が小学生の頃はやたらと硬いボールを使っていた。上手くキャッチすると、胸元でバシィッと小気味の良い音がする。

「どんなに速い球でも正面から衝撃を殺して受け取れば痛みはない」という母親の持論を聞かされた時には、なんで私は「少年ジャンプ」の訓練シーンみたいなことをやらされてるんだと子供ながらに疑問に思った。だが、別にボール遊びが嫌いなわけではなかったので、住んでいたアパート裏にある大きな空き地で母親とキャッチボールをするのが一時は日課になっていた。その甲斐《かい》あってか、休み時間になると「ドッジボールやろうぜ！」と校庭に引っ張り出される小学生時代を送った。「ドッジボールをしなきゃいけない時に、嫌だとか怖いとか思う学校生活は苦痛でしょ？」と母親は後に語っていたが、今考えると一理あったのかもしれない。

　そういった事情でドッジボールだけは得意な人間に育ったのだが、それ以外の運動はからっきしダメだった。特に鉄棒。逆上がりは人生で一度もできたことがない。多分、腕の筋肉があまりにないのが原因だ。そうこうしているうちに中学生になった頃にはすっかり運動が嫌いになり、高校生の頃には体育の授業が来るたびに憂鬱だった。一番嫌いなのは長距離走で、どうにかして楽に単位がもらえないかと色々画策していた。大学生の頃は必修授業に体育がなかったので、文学部にして良かったー！　と進路を選択した過去の自分に感謝の舞を捧《ささ》げていた。

　そして社会人になり、私の運動嫌いっぷりは加速した。社会人といっても専業作家なので、職場は家である。会社に通う必要はないし、好きなだけ寝だめできてしまう。

　私は家が好きだ！　自分の部屋をこよなく愛している。買い出しもゴミ捨ても家を出るのは必要最低限がいいし、外に出て散歩するくらいなら一分でも多く寝たい。たまに肩とか腰とかとんでもなく痛くなって悶絶《もんぜつ》してるけど、まぁ二十代だし問題ないでしょ！　と高を括《くく》っていたところ、コロナ禍がやって来た。これがまぁ、ものの見事に私の不健康っぷりを炙《あぶ》りだしたわけである。

　コロナがやって来るまで、週に一回は打ち合わせを入れることを心掛けていた。出版社に足を運ぶと運動になるし、息抜きにもなる。通勤が無い分、そうしたところで運動ポイントを稼ごうとしていたのだが、コロナになってオンラインの打ち合わせが多くなってきた。そうすると何が起こるかというと、新宿駅構内を二十分ほど歩いただけで翌日に筋肉痛で寝込むスーパー貧弱ボディが誕生してしまったのだ。

　このままでは作家を続けていくどころか、運動不足が原因で早死にしてしまう！　危機感を覚えた私は、早速家の中で運動する方法を探すことにした。そうして見付けたのが、「リングフィットアドベンチャー」だった。

　ところで、「リングフィットアドベンチャー」についてはご存じだろうか。Nintendo Switch用のソフトで、フィットネスしながら世界を救っちゃう系のアドベンチャーゲームだ。リングコンというハンドル状のコントローラーと、レッグバンドという太腿《ふともも》に装着するバンドを使用して操作する。

　発売当初からガチの筋トレができると話題になっていたのだが、品薄だったこともあり購入をしばらく見送っていた。しかしながらクリスマス商戦で在庫が増えたこともあり、運よく二〇二〇年の十二月にソフトを買うことができたのだった。

　このゲーム、非常によくできている。ストーリー自体は王道で、リングくんという相棒と共に強敵ドラゴと戦っていく。敵を倒す攻撃手段が筋トレで、スクワットやらヨガやらがっつり運動させられる。私が震えあがったのはプランクという技で、公式サイトには「両ヒジを床につけ、腰を上げる」と説明されている。これがもう、めちゃくちゃキツイ。始めたての時は筋肉痛になってしまい、ベッドから一日中離れられなかった。

　去年の十二月に始めて、今は五月。開始から約五か月が経つが、未《いま》だにメインストーリーはクリアできていない。次こそラスボスじゃないの？　とステージを進む度に肩透かしを食らっている。ちなみに、一番好きな技はスワイショウだ。リズミカルに両腕を左右に振るのがとっても楽しい。

「リングフィットアドベンチャー」をやって痩せるかどうかはよく分からないが、一週間に二度ほど続けているうちに肩に走る謎の痛みや腰にピキッとくる明らかにヤバい感覚がなくなった。あれらの不調の原因は運動不足にあったらしい。あと、ぼんやりと落ち込むこともなくなった。どうやら肋骨《ろっこつ》の辺りの筋肉が固くなると息が入りにくくなってしまうらしく、そこを動かしてやることで酸欠状態が解消するらしい。今まで自分は人よりも繊細で落ち込みやすい性格なのだと思っていたのだが、なんのことはない、酸素の問題だった。精神状態を良くするには健全な肉体と適度な運動が必要なのだ。

だが、運動しているという自負を持つのも危険だ。今年の二月初め頃、最近は「リングフィットアドベンチャー」で運動してるしなーと調子に乗って歩いていたら、買い物袋ごと道路でこけたことがあった。疲労が溜まっていたのだろう、膝から崩れ落ちたのだ。べちゃ、という音と共に道路に落ちるスーパーのナイロン袋。その底に入れていたパック入りの卵はほとんど無事で、一つだけしか割れていなかった。しかし代わりに私の両膝が犠牲になった。大の大人が泣きそうになった。二十八歳、悲しき夜である。

出血はある程度したら治ったのだが、怪我《けが》の痕は未だに膝小僧に残っている。年を重ねると怪我の治りが遅くなるのかと人生で新たな発見をした。そういえば最近、化粧のノリも悪くなったし、徹夜もできなくなった。身体がすぐに疲れてしまう。ずっと二十代前半の時のような無茶な働き方はできないということだろう。

いつまでも小説を書き続けるためには、健康にもそろそろ目を向けなければならない。

これが大人になるってことか……としみじみ噛《か》み締めながら、今宵《こよい》も大好きな家に引きこもってコントローラーを振っている。子供の頃に思い描いていた大人な自分とはかけ離れた生活だが、想像上の自分よりも実際の自分の方が百倍楽しく生きているから良しとしよう。

大人な時間の使い方

二十代前半だった頃、編集さんに「最近の若い作家さんってどうやって過ごしてるんですか?」とよく聞かれた。その頃、作家の友人といえば青崎有吾《あおさきゆうご》さんと辻堂《つじどう》ゆめちゃんくらいだったので、「お茶しながら甘いものを食べてますねぇ」という答え方をしていた。実際、この三人で遊ぶ時にはお酒を飲むよりも甘いものを食べることの方が多い。皆お酒をたくさん飲むタイプではないし、昼間に会って小説・アニメ・漫画・映画といったエンタメ話をさんざんして帰る、というのがお決まりのパターンだ。しかもかなり主観の入った感想を語り合うので、内容としては高校時代、友人と放課後にしていた雑談に近い。

ネットではときたま「大人になってからの『遊ぶ』という言葉は酒を飲むことを指してるんだー!」という言説を見るが、実際にそうなったら私の場合は窮屈に感じるだろうなと思う。いくつになっても思春期の頃と同じ熱さで自分の好きなものについて語りたいし、皆で集まって「マリオカート」や「大乱闘スマッシュブラザーズ」をしたり、ボードゲームをしたりして、キャッキャウフフと騒ぎたい。

要は、精神年齢が大して変わっていないのだ。しかしながら、そんな私にも自分が大人になったなぁーと体感する趣味がある。それが、アフタヌーンティーである。

アフタヌーンティーとは、なんというか……ちょっと豪華なお茶会のことだ。サンドイッチやスコーン、菓子などがティースタンドに載せられており、それを摘《つ》まみながら優雅に紅茶を飲む。ホテルやレストラン、カフェなどで提供されており、値段は大体二千〜一万円くらいとなる。

私が初めてアフタヌーンティーに行ったのは、二十三歳の時だった。印象的な出来事だったので、今でもよく覚えている。ゲームシナリオライターの実《み》弥《や》島《じま》巧《たくみ》さんとご縁があってお会いすることになったのだ。

実弥島さんといえば「テイルズ オブ ジ アビス」！　このゲームの発売は二〇〇五年で、私が中学生の時だった。主人公のルークの「俺は悪くねぇっ！」という有名な台詞が一部の生徒の間で流行し、「テストで赤点だったんだって？」「俺は悪くねぇっ！」のような会話が度々聞かれた。また、ゲームの主題歌であったBUMP OF CHICKINの『カルマ』がめちゃくちゃ流行った。ゲームにあまり興味のない人でも「アビス」のことはぼんやりと認識していたので、当時の若者への影響力は非常に強かったのだろう。少なくとも、私の周囲ではそうだった。

そういうわけで、初めて実弥島さんとお茶する時は非常に緊張していた。そしてその会場となったのは、新宿にあるパークハイアット東京だった。

初めてピークラウンジに足を踏み入れた時、世の中にはこんなにも素敵な場所があるんだ……！　と感動した。ホテルの上階にあるにもかかわらず緑が豊かで、まるで屋内庭園のような印象を受けた。ここのアフタヌーンティーの特徴はフィンガーフードが出て来るところで、ティースタンドに載った品を食べている間もスタッフの方が定期的にちょっとした食べ物を運んできてくれる。エンドレス美味状態なのである。本当に至れり尽くせりで、昔の貴族はこういう生活をしてたのかな……と思いを馳《は》せたりした。

そうした美味しい食事のおかげか、実弥島さんとのお話は非常に和やかに進んだ。窓から見える新宿の素敵な街並み、楽しい会話、穏やかに流れる時間……。これが大人の嗜みってやつか！　と二十三歳の武田は思った。なんとスマートな時間の使い方だろうか。

それ以降、私はすっかりアフタヌーンティーにハマってしまったのである。そこら辺のカフェでお茶をするのに比べると高くつくが、夜に居酒屋で友達と飲むよりは安い。しかも昼間に集合して夕方前には解散するので、翌日に疲れが残らない。

大人になると各人の予定の組み方も千差万別なので、短い時間で楽しい気分を共有できる空間というのはありがたい。量より質、という表現は少し違うかもしれないが、学生時代のように長い時間を友人と共に過ごすのが難しくなった分、一瞬一瞬を大切に過ごしたいと思うようになった。

ここ数年はコロナのせいで友人とお茶会をする機会がめっきり減ってしまったが、それでも最近になってようやく少人数の友人とであればお茶会ができるようになってきた。美味しいものを皆で食べられるような日常が早く戻ってきて欲しい。

寂しがりたがり

前々から色々なところで書いたり話したりしているが、私は恋愛経験がほとんどない。恋愛に興味がなかったというのも大きな理由ではあるが、恋愛の仕方がよくわからなかったという部分も大きい。恋愛小説を読んでいてもあまり共感できないし、そもそも恋愛しないと楽しく生きていけない時代でもないし。

だがしかし、周囲が結婚すると妙に焦る。やっぱり結婚ってした方がいいのかな〜。いやいや、自分に向いていないことを焦ってする必要はないでしょ。やじろべえのように、思考があっちへこっちへ行ったり来たりしていたのが二十七歳くらいの頃の私だった。

噂《うわさ》によると、結婚ラッシュは人生に三回あるらしい。第一次ラッシュは二十五歳頃。大学生の時に付き合っていた組や、新卒でくっついた組が結婚をする。第二次ラッシュは三十歳頃。結婚に拘《こだわ》らなくなった時代とはいえ、結婚は三十歳までにと漠然と感じている人は多い。その子たちが一気に駆け込む。そして三十五歳頃に第三次ラッシュがやって来る。

大学生の頃はほんまかいなと思っていたが、実際に社会人を経験すると確かにそんな流れはあった。さらにいうと今の若い子たちはもっとスピーディーで、素敵な相手と結婚したいなら若いうちに動かないと！　という空気をなんとなく感じる。多分、ネットの影響が大きいと思う。そこに結婚はしてもしなくても良いという風潮も合わさるから、自分がどのように生きるべきかの指標が見つけられなくて混乱する。自分で自分の生き方を決めるのは責任が重いしめんどくさい。でも、そこを避けては通れないのが人生ってやつだ。

そんなわけで第一次ラッシュを過ぎ、第二次ラッシュに漠然とした不安を抱いていた二十七歳の私は二冊の本に出合った。一冊は辻村《つじむら》深月《みづき》さんの『傲慢と善良』。もう一冊はジエーン・スーさんの『私たちがプロポーズされないのには、１０１の理由があってだな』である。

まず、『傲慢と善良』。ちなみに言っておくと、私は著者である辻村深月さんの大ファンである。高校生の頃から大好きで、辻村さんの作品を語り出したらずっと喋っちゃうよというくらい好きだ。この本はそんな辻村さんの作家生活十五周年記念作品という形で二〇一九年に単行本が発売された。

タイトルからして痺《しび》れるこの本は、ざっくりと言うと結婚相談所ミステリーだ。結婚相談所で出会った婚約者が突然姿を消した、その謎を追い掛ける物語。

読みながら、ナイフでグサグサ刺されるような感じだった。「うおー！　助けてくれー！」と叫びたくなったのは、ヒロインの女性と自分を重ねてしまったからだ。赤裸々に描かれる婚活事情。きっと多くの女性が体験したことがあるであろう焦燥と葛藤に、「共感しすぎて胃が痛い……」というストレス過多な読書体験を味わった。この刺さる感じが私の辻村作品大好きポイントなのである。胃をキリキリさせながらする読書って、本当に最高……。

この本を読んで、「いやー、私もこれまでの自分を省みる必要があるよな……」と急に反省し始めた私は、そこから結婚について考え始めた。そして次に本屋さんで見つけて手に取ったのが、『私たちがプロポーズされないのには、１０１の理由があってだな』だった。彼氏もまだいないというのにプロポーズについて考えるとは、とんだフライングスタートである。

私は最初、ジェーン・スーさんはその名前からして外国の方だと思ったのだが、思いっきり日本の方だった。ラジオやコラムなどで大活躍されていて、とにかく話が面白い。ジェーン・スーさんの存在を初めて知ったのは『貴様いつまで女子でいるつもりだ問題』というコラム本で、読みながらずっと笑っていた。題名からして面白すぎる。

『私たちがプロポーズされないのには、１０１の理由があってだな』はコラムというよりはＱ＆Ａ形式に近い文章で、プロポーズされない理由がババーンと見出しで書かれ、その解説を続きの文章でしてくれるという構成だ。例えば「友達から『とても結婚願望があるように見えない』と言われる。あなたが。」「誕生日やクリスマスに、彼の好みを変えようとするプレゼントを贈ったことがある。」「仕事でヘトヘトな彼を、休日のＩＫＥＡに連れて行ったことがある。」なんていう、あまりに芯をくった内容が続く。いやー、刺さる。彼氏いないのに。

この本の良いところは、結婚するにはこうしたらいいのではないかとアプローチしてくれると同時に、でも結婚しなくたって楽しいけどねー！　という明るいメッセージを送ってくれているところだ。結婚しても結婚しなくても人生って楽しいよ、と自分よりも年上の人が伝えてくれると正体不明の息苦しさが軽減される。

　この二冊を読み終えた当時の私は、自分の恋愛について考え始めた。そもそもの話、恋愛の根幹って寂しさにあると思う。寂しいから誰かに会いたい。その気持ちが誰かと一緒にいたいという気持ちを掻き立てる。

　私の身の回りでは寂しがりやな子の方が彼氏をよく作っていた。それを私は他人事《ひとごと》のように眺めていたのだが、自分の寂しいという感情にちゃんと向き合う時がきたのではないかと思った。仕事をしていると生活が充実しているし、友人に会ったり実家の家族と過ごしていると寂しさなんてすぐに紛れる。だが、敢《あ》えて紛らわせることをやめて、寂しいと感じる環境に身を置いた方がいいのではないかと考えたのだ。まぁ、考えたのは最初だけで、実際にはコロナのせいで強制的にそうした環境で生活せざるを得なかったのだけれど。

　そして「今は彼氏を作りたい時期なんだ～」と友人に話す生活をするようになった。恋人を作るためにこのぐうたらな私が積極的に動くだなんて！　と自分でも驚いた。

　寂しいという感情は負の感情に思われがちだけれど、人を求める原動力にもなる。そう考えると、寂しがりたがるのも

悪くはないのかもしれない。

初読み、初笑い

一月初め、二〇二二年になって早々に面白い本を読んだ。お笑い芸人のAマッソ加納愛子さんの『イルカも泳ぐわい。』というエッセイ集だ。軽快な文体と強い自意識から生みだされるエピソードトークに、至るところでクスクス笑いながらも「あるある……」と深く共感してしまった。まず、タイトルが良い。『イルカも泳ぐわい。』……これだけではなんのこっちゃ分からない。しかし本文を読むと、加納さんの琴線が可視化されて、素敵な文章に出合った時の心を揺り動かされる感覚を共有することができる。言葉に関するセンサーが鋭い人の文章は共感する部分が多くて好きだ。凄く上手なグルメレポートを見ている時みたいに、舌に言葉の味が広がっていくような感覚がする。

　私は昔から芸人さんの書くものが好きだった。エッセイでも、小説でも、なんでも好き。勿論、それ以外の人が書くものだって大好きだけれど、芸人さんの文章からは何故か共通して独特の匂いがする。小説からも似たような匂いがするが、エッセイになると一段とその匂いが濃くなるように思う。匂いの正体。それは多分、読み手へのサービス精神だ。芸人さんが書くものの場合、どんな人の文章を読んでも、読み手のリアクションを想定に入れているんだろうなと強く感じる。丁寧に間がコントロールされているというか、言葉というものが持つ刺激の強さを信じているというか、「無」が存在しないというか。専業の小説家も読者の反応を気にして文章を作るが、本というのは基本的に目の前で相手のリアクションを見ることがない。その点、芸人さんは観客を目の前にして笑いをとるから、創作活動の根っこの深いところに「対お客さん」の意識があるんじゃないかと思う。勝手な想像だけれど。

ここ数年で読んだ芸人さんの本はいくつかある。その多くはエッセイだった。くりぃむしちゅー上田晋也《しんや》さんの『経験　この10年くらいのこと』。阿佐ヶ谷姉妹のお二人の『阿佐ヶ谷姉妹ののほほんふたり暮らし』。ハライチ岩井勇気さんの『僕の人生には事件が起きない』。宮下草薙《みやしたくさなぎ》のお二人の『宮下草薙の不毛なやりとり』。四千頭身の後藤拓実さんの『これこそが後藤』などなど。他にもたくさんあるが、基本的に読んだものはどれも面白かった。本の中には小説家のセオリーに則《のっと》らずに書かれているものもあるので、発想の柔軟さに驚かされる。文字さえあれば何だって表現できるんだ！　と改めて実感し、読んだ後に創作意欲を掻き立てられるものも多い。

私が芸人さんの書いたエッセイで一番好きなのはオードリー若林正恭《まさやす》さんの『社会人大学人見知り学部　卒業見込』、小説だとピース又吉直樹さんの『火花』だ。

『火花』を読んだのは私がまだ大学生の時だったが、本当に衝撃的だった。その頃には既に芸人さんの書いた本（エッセイに限らず小説も）を好んで読むようになっていたが、『火花』ほど文学要素と芸人要素が美しく調和している作品を読んだことが無かった。「記憶を無くしてもう一度読みたい本グランプリ」を私が開催するなら、今のところぶっちぎりのナンバーワン作品だ。

そういえば去年の夏、ありがたいことに四千頭身の後藤さんと対談させて頂く機会があった。前述の『これこそが後藤』の刊行のタイミングだ。芸人さんと直接話したのは初めてだったのだが、とにかく頭の回転が速くて驚いた。最初のちょっとした雑談なんかをうまーく後半に伏線として繋げてしまうのだ。いやー、これがプロ！と話しながら感動した。

対談中、「『火花』は面白いですよ！」と熱を込めて後藤さんに語ってしまったが、家に帰ってから本職の方に

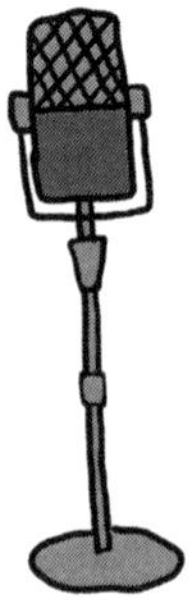

薦めるのは変だったんじゃないか……と反省した。でも冷静に考えると、普段から小説家は小説家に対しても本を勧めまくっている。小説家という生き物は大抵、本を書くのも読むのも勧めるのも大好きなのである。

家の本、置くスペースなさすぎる問題

先日、「八咫烏《やたがらす》」シリーズの作者である阿部智里《ちさと》さんとアフタヌーンティーに行った。阿部さんとは定期的にお茶する仲で、いつも面白い本や漫画を教えてもらう。「最近、ファンタジー小説を読みたい気分なんですよ」と言った私に、阿部さんが勧めてくれたのが海外児童文学の「アルテミス・ファウル」シリーズだった。他人から勧められたものは積極的に読む！　というのが私のモットーなので、とりあえず三巻までまとめて買った。

ところが、だ。家に帰って本棚を見ると、既にぎゅうぎゅう詰めで新しい本が入る余地がない。単行本や文庫本といったサイズの違う本がテトリスのように複雑に縦横に組み合わされて収まっている。

どうしたもんかと思って足元を見ると、見本誌の入った段ボール箱のタワーが部屋の隅

に押しやられていた。どう考えても新しい本が入る余地がない。これじゃあ仕方ないよねーと、私は『臨時で本を入れるスペース』に本を突っ込んだ。このスペースは本屋さんでもらった紙袋で形成されている。つまり、本にとってここは正式な住居ではなく、「ちょっと一人の時間が欲しいから……」と庭にテントを立てて簡易的な自分のスペースを作った程度の場所なのだ。

　そういえば、東京で暮らし始めて愕然《がくぜん》としたのが本棚を置けるスペースの小ささだった。京都の私の実家は昔ながらの和風建築で、やたらと押し入れがあった。そのため、どれだけ本を買っても押し入れに詰めてしまえば問題がなかったし、さらにいうと廊下一面が漫画棚だったので困った時にはそこに突っ込んでしまえば良かった。

　しかし、実家を出て新生活を始めるとそうはいかない。実家を出るタイミングというのは人によってそれぞれだが、大抵は大学生になったり社会人になったりと、人生の転機のタイミングじゃないだろうか。そういう場合、まず住むのは賃貸が多いだろうし、ワンルームの人も少なくないと思う。キッチンは狭いし、浴室も狭い。ベッドは部屋のかなりのスペースを占めている。そんな状況でバカでかい本棚を部屋に置いたなんて日には、圧迫感がとんでもないことになる。地震だって怖いし、倒れてきても大丈夫なように腰丈くらいのカラーボックスを置くぐらいしかできない。

じゃあ、本は一体どこにしまえばいいんですか!!

若かりし頃の私の、魂の叫びである。本・漫画好きな人ならば百パーセント共感してくれるに違いない。私は上京してからの数年は友達とファミリー用の部屋でルームシェアをしていたのだが、それでも本を置くスペースは全然足りなかった。実家から東京へ持ってきた本は本当に厳選したものだけだったし、シリーズものの漫画は最新刊だけを手元に残してあとは全て実家に送った。それでも場所が足りない！　全然足りない！

「いやいや、生まれてから今に至るまでに誰かからもらったぬいぐるみ、全部手元にとってますか？　お気に入りのもの以外、普通は捨てたりしてますよね。それと一緒ですよ」

などと、本を読まない友人からはシビアなことを言われたこともある（友人の『捨てにくいものランキング』の堂々の一位はぬいぐるみらしい）。

「本は一度読んだ時点で役目は果たせてるんですから、読み返さないものは売るなり捨てるなりしたらいいじゃないですか」

正論だ。だけど私にとって本は、可愛いウサギちゃんのぬいぐるみよりも手放しがたいものなのである！（言い訳するならば、お気に入りの本とそうでない本を仕分けることに若干の罪悪感を覚えるというのもある）

さらにいうと、この本棚が狭すぎる問題には家の物理的スペースの他に、もう一つ大きな原因があった。

そもそもの話、私は本を買うのが好きなのだ。

世の中にはショッピングが趣味の人もいると思う。デパ地下で美味しい食べ物を買ったり、家具屋さんでオシャレなインテリアグッズを買ったり、洋服屋さんで素敵な服や鞄《かばん》を買ったり。そういう楽しい習慣というのは、繰り返される毎日の潤いになってくれるだろう。

そして私にとって、その対象が本なのである。本のことは勿論好きだ。読むのも好きだし、書くのも好き。だけどそれ以上に、本を買うのがめちゃくちゃ好き！

まず本屋さんが好きだ。棚一杯にならんだ本を見るとテンションが上がるし、書店員さんのオススメ、みたいな人格が滲《にじ》み出ている棚を見ると「あら、じゃあ一冊買っちゃおうかしら」とスーパーの野菜コーナーぐらいの感覚で本を買ってしまう。

装丁が素敵なものは良い。あらすじが面白そうなものも良い。図鑑だって興味があるし、画集や写真集だってテンションが上がるし、新書だってどれも気になる。そうやってポイポイポイと本を買い物かごに入れてレジに行くと、それだけで非常に満足感を得ることができる。

つまり読むスピードを買うスピードが上回っているせいで、本が増え続けているのである。

そんなワケで我が家は積読本《つんどくぼん》だらけなのだが、積読には積読の良い所もある。「なんとなく本が読みたいな〜」と思った時に家の本棚を見ると、自分が面白そうだと感じる本がずらりと並んでいるのである。この本を選んだ人、センスいいな〜。あ、私だ！ という流れを毎回やれるのだ。これは非常に嬉しい。

とはいえ、捨てるのはちょっとな……と読んだ本を実家に送り続ける生活もそろそろやめなければならない。私ももうすぐ三十歳。親の老後のことも考えるフェーズに入った今、実家の荷物を増やし続けるのは問題を先送りしているだけと言える。

こうなったら心を鬼にして断捨離だ！ と、最近では読み終わってから何年もそのままにしている本は処分するようになった。あとは電子書籍にも手を出した（今度は読書用端末の容量が足りない問題が発生したが）。

本が手元からなくなってしまうことは寂しいが、一度読んだ本はたとえ中身を忘れたとしても自分の人格を形成する一

部となっている。全てを手放したくないと欲張る生き方は大人になると案外難しいが、その分、取捨選択しながら上手くやっていく知恵が身についたような気がしている。

椅子難民

在宅ワーカーにとって最も大切な仕事道具……それは、椅子である！

コロナ禍になるより前から、私はずっと在宅ワーカーだ。在宅ワーク上級者と自称してもいい頃合いかもしれない。

基本的にはずっと家にいて、ほとんど外に出ない引きこもり生活をしている。運動なんてするわけもなく、同じ姿勢を保ったままなせいで腰も背中もピキピキ言っている。これはまずいぞ！　と思い、数年前に引っ越しのタイミングで椅子を買いに行くことにした。これが私の椅子難民生活の始まりだった。

幼い頃は、学習机についていた椅子が『私だけの椅子』だった。この椅子は私しか座らないので、どんなことをしてもいい。学校の荷物を椅子の背もたれに引っ掛けておいてもいいし、飼い猫がクッションで爪とぎをして見た目がボロボロになっても「まぁ、誰も見ないしな」と許容できる。他人に座られることのない、私だけの居場所。

小学校・中学校・高校。合わせて十二年間も通ったけれど、学校の椅子はあんまり好きじゃなかった。座る場所が指定されている癖に、定期的に席替えなどというイベントが挟まって、私の椅子は私のものじゃなくなる。最悪だったのは、休み時間の椅子の乗っ取りである。私の前の席の子とその子の友達が喋るために、私の椅子が勝手に借りられている現象のことだ。仲が良い友達ならいいけれど、あんまり近づきがたい子がそこに座っていると「そこどいて」なんて言い出せなくて、結局別のクラスの友達に会いに行ったりしていた。学校の椅子は、私のものであって私のものじゃなかった。

大学の椅子は結構好きだった。初めから私のものでないことが明らかだったからだ。講義のために教室を移動して、その時間だけ居場所を間借りする。皆がフラフラっと移動しているから、そこにいてもいなくても誰も気にしない。固定された居場所がないことで不安になることもあるけれど、そこに固執する必要がないから気楽でもあった。

そして作家になり、私は気付いた。

椅子がない！

それまでは椅子が用意されていることが当たり前だと思っていたものだから、それに気付いた時には愕然とした。YouTubeのCMで一時期「好きなことで、生きていく」というフレーズが流行ったが、好きなことで生きていこうとすると自分の椅子は自分で用意しなきゃいけないのである。しかも、必死になって椅子を手に入れても、いつ失うか分からないのだ。こわい！

　でも、よくよく考えると、別に私の椅子に限らず全ての椅子がそうだった。どんなに立派に見える椅子も、いつ無くなるかなんて分からない。病気になって座れなくなるかもしれないし、別の椅子に座りたくなって自分から安定した椅子を捨てる日が来るかもしれない。そう考えるとまぁ、自分で自分のお気に入りの椅子を拵《こしら》えるのは楽しい作業かも知れない。

　上京してすぐの頃は、若かったので仕事道具の椅子になんのこだわりもなかった。確か、近くのホームセンターでテキトーなゲーミングチェアを買った。理由はシンプルで、見た目がカッコよかったからだ（安いという理由で自分で組み立てるデスクも買ったのだけれど、ねじ締めが甘すぎて常に脚の部分がぐらぐらしていた）。

　しかし二十代の半ばを過ぎた頃には、どうにもその椅子では腰が痛むようになった。腰部分にサポートクッションが付いていたのだけれど、それが逆に私の腰を圧迫していたのである。このままではいけない。そう思い、引っ越しのタイミングで三年ほど時を共にしたゲーミングチェアとおさらばした。

次こそいいものを買うぞ！　と決めた私は、今度は椅子選びに妥協しないことを決めた。これまでは刹那《せつな》的に生きて来たけれど、今度は十年先まで使うことを見越して良い椅子を買うのだ。

私は人生で初めて、椅子専門店へ足を運んだ。ビックリしたのだけれど、世の中には大量に椅子がある。社長室にあるような革張りのカッコいい椅子だったり、宇宙船のコックピットみたいな椅子だったり。私は真剣な面持ちで、それらの椅子に片っ端から座っていった。

これは声を大にして言いたいが、椅子はちゃんと座って買った方がいい。高ければいいのかと思ってカタログだけを見ても、実際のフィット感は分からない。

同じような椅子がずらりと並んだオフィスチェアコーナーで、私は運命の椅子との出合いを果たした。座った瞬間に、これだ！　と分かった。なんというか、しっくり感が半端なかったのである。雷に打たれたような衝撃、と言ったらちょっと大袈裟《おおげさ》だけれども。

そして値札を見て、私はもう一度雷に打たれた。に、二十万!?　こんな、メッシュの普通の見た目の椅子なのに!?

いや、でも待てよ。もしもこの椅子を十年使うなら、日割りにすれば微々たるものだ。

一日に八時間労働するとしたら、一日の三分の一をこの椅子と共に過ごすわけである。締め切り前なんて十五時間以上はパソコンと向かい合うわけだから、一日の半分以上がこの椅子の上で費やされる。

だとするなら、お金を掛ける価値がある。そう思い、貧乏性の私は清水の舞台から飛び降りる気持ちでバロンチェアを購入した。この椅子を買ってから腰への負担は劇的に減少したので、もっと早く買えば良かったと今となっては後悔している。

椅子ってやっぱり、一番大事な仕事道具だ。

子供の頃は大人が用意した椅子に座るのが当たり前だったけれど、大人になったら自分で自分好みの椅子が持てる。

自分の椅子をこだわって、選び抜いて、好きなようにカスタマイズするのも楽しいけれど、これから先、年を重ねていったら、上の世代の先輩たちが自分にしてくれたのと同じように、今度は私も誰かのための椅子を用意できるような人になりたい。

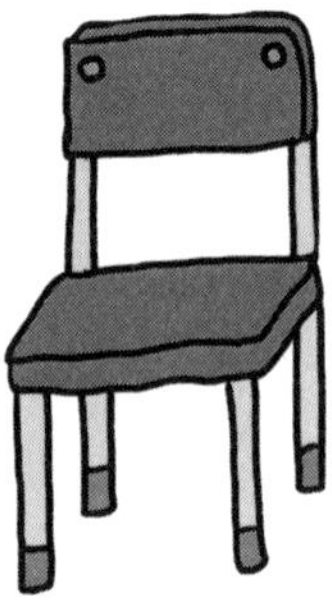

第四章 ……………結婚してバタバタしていた頃の話

結婚にまつわるエトセトラ

結婚しました。
と友人にＬＩＮＥグループで報告したところ、付き合いが長い子ほどビックリしていた。「嘘やろ！」「信じられん！」「それは実在の人物ですか？」など好き勝手言っていたが、報告した私自身もビックリしていた。なんせ、まさか自分が結婚する日が来るとは思ってもいなかったからだ。

幼い頃から恋愛が苦手だった。というか、どうしても興味が持てなかった。少女漫画より少年漫画、恋愛映画よりアクション映画が好きで、恋愛要素がストーリーに加わるとげんなりしていた。

小学校・中学校・高校と、この性質は非常に相性が良かった。なんせ、学生時代は奔放に恋愛すると色々と言われてしまう。大抵の大人は子供に向かって「不純異性交遊反対！」と言うし、それを繰り返し繰り返し聞かされ続けていると、恋愛というものが汚らわしいものに感じるようになる。そして「人生に恋愛は不要かもなぁ」という考えがアイデンティティに食い込み始めた頃、突如として大人は「彼氏は？　いつ結婚するの？」などと言い始める。「ええ!?　恋愛するなって言ってたじゃん」とすっかり肉体だけは大人になった私はビックリするわけである。

　とりあえず恋愛してみるか……と思い立ち、そして私は最初の難関にぶつかった。恋愛感情というものがよく分からないのである。

　学生の頃は、皆と同じようにしなければならないと思い込んでいたから、心の隅っこにある感情を引っ張りだし、こねくり回し、これが多分、皆が言ってる恋愛感情ってやつだよね？　と恐る恐る真似をしていた。そしてそれを繰り返しているうちに自分の中で膨れ上がる嫌悪感に耐えられなくなり、やっぱもうええわ……の心境になった。こんなに嫌な思いをしてまで恋愛って挑戦しなきゃいけないものですか？　とかなりの頻度で考えていたが、いま振り返ると色々と相手を振り回して申し訳ない限りだ。

　当時の自分が恋愛を忌避していた理由を、私はハッキリと理解している。自分が女性であるということを受け入れるのが難しかったからだ。生まれてからずっと性自認は女性だし、それを疑問に思ったこともない。だが、女性らしい振る舞いをする自分をどうにも許せない。「うわっ」とか「なにやってんねん」とか、とにかく俯瞰《ふかん》的に自分を見てしまうのだ。

　恋愛とは、自分の性別を最も意識する行為だ。

　世の中には異性愛者も同性愛者も無性愛者もごくごく当たり前にいて、自分がどのカテゴリに属しているかが分からなかった。どれにも当てはまらない気もするし、全てに当てはまっているような気もしていた。誰かを好きになることは自由であるべきだと主張できる時代に生まれてきたからこそ、自分の可能性がちっとも絞れなかった。

　そうこうしているうちにアラサーになり、上京してからずっと一緒にルームシェアしていたNちゃんが京都に帰って結婚した。一人暮らしを始めたことで、私はますます恋愛に興味を失った。というか、仕事にのめり込んでいった。いやぁー、デビューから何年経っても作品を作るのって楽しい。できることならありとあらゆる分野に手を出して、その道のプロの人たちがどういう思考で動いているのかを間近で見たい。才能に溢れた人と仕事をすると、それだけでいつも大きな刺激になる。

　そんなこんなで順調に仕事を続けていたのだが、突如として深刻な問題に直面した。『自分のために生きることに飽きた』のである。これはもう、本当に深刻だった。自分を喜ばすことにも飽きたし、自分を追い詰めることにも飽きたし、自分を労《いたわ》ることにも飽きた。仕事は大好きだけど、仕事以外でのインプットが無さすぎる。殻にこもったマンネリな生活は安全だけど、外部からの感情の刺激が無い。このままではいつか、小手先でしか小説が書けなくなってしまうかもしれない……。そう漠然と怯《おび》えていた時に、今の夫を紹介された。

　夫と出会ったのは、これまでに度々登場している大学時代の友人Ｔがきっかけだった。Ｔは名古屋に住んでいて、向こうが東京に来た時やこっちが名古屋に行く時によく一緒に飲みに行った。夫はＴの旦那さん（当時はまだ彼氏だったが、先日結婚した）の友人で、東京に住んでいた。「綾乃に紹介したい人がいるんだけど！」と意気揚々と言ったＴに、私はとてもビックリした。というのもＴが誰かを紹介したという話を聞いたことがなかったからだ。「ちなみに、なんで紹介しようと思ったん？」と聞いた私に、「ゲーム会社で働いてて、オードリーの『オールナイトニッポン』を聞いてるから！」とＴはあっけらかんと答えた。

「同じお笑い芸人が好きな人って、付き合うのにいいと思うの。笑いの感性が似てるってことは、会話のセンスも似てるってことかなと思って！」そう言われて、私は目から鱗が落ちた。な、なるほど。そんな風に考えたことは一度もなかった。

　そしてあれよあれよという間にＴの手によって相手のＬＩＮＥを教えられた。ただＴはちょっとざっくばらんなところがあって、「後は二人でご自由に！」と連絡先を双方に教えただけで撤退してしまった。私は恐る恐る相手とＬＩＮＥのやりとりをしたのだが、Ｔから写真をもらえなかったので向こうの顔がさっぱりわからなかった。うーん、平安時代の恋愛って多分、こんな感じだったんだろうな。

初めてＬＩＮＥをやり取りして数日後には、二人で通話する約束をした。いきなり会うのは怖いのでゲーム通話をしようという話になったのだ。何をプレイしたかはハッキリと覚えている。「スプラトゥーン2」と「Super Bunny Man」だ。初めての通話の日、ゲーム自体は三時間くらいでやめたのだが、その後四時間くらいぶっ通しで雑談した。今考えてもかなり異常だ。

初対面の人間（まだ顔を合わせてはいなかったが）とここまで話が合ったのは初めてだったし、ここまでしっくりくる感覚を覚えた人間も初めてだった。そして実際、結婚するに至った。……こう考えると、Ｔの読みはめちゃくちゃ鋭かったんだと思う。学生の頃、人と人をくっつけるのが上手な子がいたが、こういう仲人のセンスってどこで磨かれるんだろう。創作物の中でならいくらでも関係性を考えられるのに、現実世界だと難しい。

正直に言えば、結婚ってどんなものなのか今でもよく分かっていない。でも、人生を共にしたいと願う人に出会えたことはとても幸運なことだと思う。未来がどうなるかは分からないけれど、今こうして気持ちが存在することは間違いなく確かなことだから。

修学旅行リピーター

先日、母校で講演会を行うことになったため、宇治の実家に帰った。コロナの影響もあり、京都に行ったのは随分と久しぶりだった。

今回の帰省の私の目的は二つ！　一つは勿論、講演会。そしてもう一つは緊急事態宣言中にできなかった京都取材を行うことだった。実は去年ぐらいから京都を舞台にした小説を考えていたのだけれど、行ったことがない場所が多すぎて色々と四苦八苦していたのだ。よくよく考えると、「響け！　ユーフォニアム」シリーズも漫画『花は咲く、修羅の如く』も、どちらも京都を舞台にしている。これから書く新作小説のために多めに京都の観光地を取材しておけば、今後他のシリーズ作品を書く時にも資料が役に立つはず！　そう考えた私は、早速京都の有名な観光地をピックアップし始めた。

今回の私の取材テーマは「京都に来る修学旅行生はどこに行く？」だった。第一章でも書いたが、京都府民は修学旅行で京都に行かない！　なので全国からやって来る修学旅行生たちがどこに行くのかさっぱり見当がつかないのだ。仕方がないので、検索エンジンで「京都　修学旅行　ルート」で検索を掛けてみた。するとさすが観光都市なだけあり、たくさんのモデルコースが表示された。

候補地はどこがいいかな～と色々検索していると、清水寺、北野天満宮、下鴨《しもがも》神社、金閣寺、二条城、天龍寺《てんりゅうじ》、平安神宮、伏見稲荷《ふしみいなり》大社、八坂神社……と無限に湧いて来るのである。おいおいおい、京都って凄いな⁉　と、この年になって自分が如何に恵まれた環境で育ったかを知る。子供の頃は当たり前すぎてありがたみが分からなかったな……。小学生の時に遠足で行った奈良の東大寺のことはしっかり覚えているのに。

今回、私に許された取材時間は三日間。その内の一日は講演会があったので、実質二日半くらいしかない。この制限時間内で無理のない修学旅行プランを立てる！　と、気持ちは既に引率の学校の先生である。連れて行くのは生徒ではなく自分なのに、それでもかなりワクワクした。

そしてついに、移動時間や開館時間の兼ね合いなどを計算した完璧なルートが完成した。全てをここに書くと長くなるためある程度は伏せるが、最終日に伏見稲荷大社に登ることだけはマストで決めていた。私はこれまで、伏見稲荷大社には何度も行ったことがある。しかしながら、一番上まで登ったことはなかったのだ。

伏見稲荷大社は言わずと知れた大人気観光スポットだ。京都市伏見区にある神社で、稲荷山の麓に本殿がある。周囲には土産物屋や屋台なんかもあって、如何にも観光地という雰囲気を漂わせている。有名なのはなんといってもずらりと並ぶ千本鳥居だろう。真っ赤な鳥居が隙間なく山に並ぶ光景は圧巻である。

この伏見稲荷大社、拝観時間を調べると二十四時間と書かれている。つまり、夜でも見て回ることができるのだ。その時点でなんとなく他の神社とは違う気配を感じるのだが、気軽な気持ちで本殿を見に行き、そのまま鳥居を目印に石階段を歩いていくととんでもない事実に気付く。歩いても歩いても、道が延々と続いているのである！

稲荷山は、祠《ほこら》や社殿があった「神蹟《しんせき》」が山中にあり、それぞれが信仰の対象となっている。この参拝順路はそれぞれの神蹟を巡拝するためのものなのだ。標高は２３３メートル。山頂は「一ノ峰」で、中腹にある「四ツ辻」という分岐ポイントから二つのルートのどちらかを選べばぐるりと山を一周するような形で参拝できる。

これは観光ではない、登山だ……。そう感じて、過去の私は何度も山頂に行くことを断念していた。しかしながら、今回の私は違う。なんといっても、絶対に山頂まで行くという覚悟があった。

ちなみに、今回の取材には大学時代の友人であるYを召喚した（オンライン飲み会の時に登場した子で、基本的にTとYと三人でよく遊んでいる）。Yは最近になって登山にハマっているらしい。なんて心強いんだ！

「山頂まで登るんはええけど、なんもないで？」私が山頂まで登りたいと言うと、Yは出不精の私を心配するようにそう言った。「そうなん？」「うん。私、前に日が暮れてから友達と登ってんけど、そん時はなんか、普通に開けた場所に出て終わりやった。夜やったし外灯もぽつぽつとしか立ってなかったからあんまよう見えてへんかってんけど」「うーん。じゃあ、何もなかったとしても、『何もない』を見に行こう！　大人には『何もない』を楽しみたい時があるんやって！」「どんな時やねん」

そういうわけで十月某日、私とYはスニーカーにリュックサックという万全の状態で伏見稲荷大社に向かった。しかしながら、一つ懸念があった。マスクである。山登りでマスクって……普段から運動不足だけど大丈夫？　そう思ったが、このご時世なのでばっちり装着していった。先に結論だけ言うと、このマスクがめちゃくちゃ私の視界を邪魔してくるのである。マスクと眼鏡と登山、相性は最悪だ！

そういった不満点はあったものの、いざ登り始めると想定していたほどのキツさはなかった。通路が空《す》いていたおかげかもしれない。観光客自体はそこそこいたのだが、皆、千本鳥居を通り抜けた先にある奥社奉拝所で降りて行ってしまうのだ。確かに、パンプスやブーツ、下駄で階段を登り続けるのはかなり無理があるだろう。

伏見稲荷大社に到着したのが十五時過ぎ、そして奥社奉拝所に着いたのが十五時半。さらにそこから登り続けると、要所要所に食事や土産物を販売しているお店が存在する。明るい時間に行けば利用できるが、夕方には閉まるので休憩を挟みたい人は夜に行くのはオススメしない。

そして奥社奉拝所から歩き続けて三十分。「そろそろ山頂かな」「結構登ったもんな」と会話を交わしていると、展望台のような開けた場所に遭遇する。木々の向こう側に京都の街並みが一望でき、かなりの高さを登って来たことを実感する。「やっと来た～」と喜びの声を上げて案内板を見ると、「四ツ辻」と書かれている。嘘でしょ!? まだ四ツ辻なの！と絶望しつつも、ひとまず休憩のためにベンチに腰掛けた。四ツ辻は休憩所としての側面も大きく、比較的大きなサイズの茶屋の周辺にたくさん座るところが用意されていた。

ここで、キョロキョロと周囲を見回していたYが衝撃のカミングアウトをする。「私さ、前に山頂まで登ったって言ってたけど、それ、ここやわ。ここまで来た」「えっ、ここから『お山一周約30分』って看板に書いてあるけど」「いや～、夜やったしあんま表記とか見えへんかってん。なんか山頂っぽかったから、ここが山頂やと思いこんじゃってて」「じゃあ結局、登ってなかったってこと？」「そういうことになりますねぇ」

というわけで、二人共、山頂まで行ったことがないことが発覚した。これはもう、絶対に登りきるしかない！　上に行けば行くほど看板に書かれた文言は物騒さを増して、猿が出ますだの猪《いのしし》が出ますだの、私たちを脅かした。確かに、自然が溢れてるもんなぁ……と私は汗だくになりながら周囲を見渡す。通路は石階段になっていてきちんと整備されているし、山頂に至るまで赤い鳥居がびっしりと並んでいるから人工的な空間だと錯覚しそうになるけれど、すぐ脇を見たら完全に山だ。途中途中に外灯は立っているものの、夜中に登ったらかなり怖かっただろう。

　やいやいと近況を話していた私たちも、山頂が近付くころには呼吸が荒くなり、口数も減った。しんどさがピークに差し掛かった頃、ひと際急斜面になった階段に出くわした。見上げる限り、ずっと階段が続いている。もはや一気に登る元気はなく、階段の合間合間で休憩を挟みながら登った。

　そしてついに、最後の階段を登り切った。ここが上社神蹟のある「一ノ峰」、山頂だ。

「着いたー！」私とＹは思わず歓声を上げた。達成感でいっぱいだった。山頂は展望台などがあるわけではないため、上まで登って来たぞ感はあまりない。だけどその分、麓から離れた場所に存在する上社神蹟に漂う静謐《せいひつ》な空気を感じられた。

「四ツ辻」に置かれたマップにはここから一回り三十分と書かれていたが、休憩を挟んだので山頂に辿り着くまでに結局三十分ほど掛かった。「こういう観光旅行みたいなんええなぁ」「ほんま、大学生の頃みたいで懐かしかったわ」などと会話しながら、私とYは今度は階段を下り始めた。帰り道は足がガクガクしていて、普段使わない筋肉が悲鳴を上げていた。身体は疲れ切っていたが、それでも爽快感が身体の内側に満ちていて、なんだか清々《すがすが》しい気分だった。

　普段は運動は嫌いだと豪語しているが、自然の中を友人と歩くのは楽しかった。京都に修学旅行に来たことは一度もないけれど、観光地をスケジュール通りに回っているとなんだかもう一度修学旅行生になったような気分になれた。

　集めた資料を抱えてホクホクしながら新幹線に乗り、「そういえば今回もまた金閣寺に行かなかったな……」とシートに座った時に気がついた。私の金閣寺コンプレックスが払拭される日はまだまだ先のようである。

おめめの天敵

コンタクトレンズがこわい。

これは非常に切実な悩みである。コンタクトレンズがとにかくこわいのだ。だって、目を触ってる！　コンタクトレンズをつけるという行為は、先端恐怖症の私にはとてもじゃないが耐え難いものなのである。

正直に言うと、私はコンタクトレンズから逃げて来た。大学の卒業式も裸眼。雑誌の取材も裸眼。出版社の受賞パーティーですら、裸眼。両目〇・二のぼやけた視力で、これまで大事な場に参加してきた。

しかしながら、そろそろ私もコンタクトレンズから逃げられなくなってきた。というのも、結婚式があるからだ。流石にゲストの顔を識別できないのはまずい……。というわけでこれを書いている今日、私は泣く泣くコンタクトレンズの処方箋をもらいに眼科に行ったのである。

私とコンタクトレンズの直接の出合いは小学三年生の頃までさかのぼる。いつも眼鏡を掛けていた友人が、急にコンタクトデビューをしたのだ。「怖くなかった？」と聞いた私に、「慣れたら全然平気！」と彼女は心強い台詞を言った。だけどその二週間後にコンタクトレンズをつけたまま眠ってしまったらしく、レンズが眼球の裏に入ったー！　と大騒ぎしていた。

眼球の裏にコンタクトレンズが入るということは、私の目のどこかにレンズが入るポケットがあるのか⁉　そう思って今までずっと怯えていたのだが、このエッセイを書くためにネットで調べたところ、どうやらそのような事実はないらしい。子供の頃から信じていたのだが、単なる都市伝説だったようだ。

さて、小学生の頃の私といえば、両目の視力は一・五。眼鏡なんてものとは無縁で、むしろ眼鏡を掛けている人を羨ましく思っていた。だって、眼鏡ってカッコイイ！　掛けていると頭が良さそうに見えるし、何本かフレームを買っておけばファッションの一部として扱うこともできる。自分の意思で選択できる身体的パーツ、それが私にとっての眼鏡だった。

しかし中学生になったあたりから、とんでもないスピードで視力が落ち始めた。原因は明らかだ。――パソコンである。

ゲームボーイやＮＩＮＴＥＮＤＯ64を何時間やろうとも全く問題なかった視力が、パソコンを使い始めたあたりからみるみるうちに低下した。

　母親は慌てて私を眼鏡屋さんへ連れて行った。「コンタクトレンズか眼鏡かどっちがい い？」と聞かれ、私は速攻で眼鏡と答えた。それから大人になった今に至るまで、ずっと眼鏡を掛けている。私は眼鏡が好きなのだ。

　しかしそんな私も、コンタクトデビューをしようと試みたことがある。大学入学の時だ。眼科に行って処方箋をお願いすると、スタッフのお姉さんがやって来て私にコンタクトレンズのつけ方をレクチャーしてくれた。「上の瞼《まぶた》と下の瞼をしっかり押さえて、両目を開けたままで装着するんですよ～」と言われたのだが、これが非常に難しい。まず、瞼を押さえ続けることが辛い。ドライアイだから。さらに、瞳の上にレンズを載せるという行為が怖い。

　私がいつまで経ってもつけられずにグダグダしていると、「こんな感じですよー」と言いながらお姉さんが指でガガッと私の目にコンタクトレンズを直接装着してくれた。多分、怖がっていた私に対する優しさなのだと思うけれど、人の指が自分の目に近付いてくる感覚は怖い。今思い出しても怖い。

　コンタクトレンズをつけてもらうと、今度は外さなければいけなくなる。これにもてこずり、結果的に二時間ほど眼科に滞在する羽目になった。目に触りすぎてヘトヘトになっていたため、「もう二度とコンタクトはつけない！」と眼科からの帰り道に私は決意した。

あれから十年程経つ。三十歳目前になった今なら、スムーズにコンタクトレンズを装着できるはず！　と鼻息を荒くして眼科に行ったわけだが、結果は散々だった。コンタクトレンズを装着するのに苦労し、さらに外すのにはもっと苦労した。一時間ぐらい四苦八苦していたせいだろうか、無事にレンズを外せた時にはスタッフの人に「おめでとうございます！」と思いのほか大きい声でお祝いされた。大人に温かく見守られる経験というのは久しぶりで、申し訳ないやら恥ずかしいやらで「すみませーん」と連呼することしかできなかった。

眼科から帰る時はぐったりとしていた。しかし今回は前の時と違い、コンタクトへのやる気を挫《くじ》かれることはなかった。なぜならば、結婚式までにつけられるようにならなければいけないからだ！　人間とはやはり、明確な目標があると頑張れるものなのだろう。

逆上がり、高跳び、ダンス……。学校に通っていた時にで

きなかったものはたくさんあるが、大人になってからできるようになったものが一つでも増えるとしたら、それはきっと喜ばしいことなのだと思う。

めいちゅう30%

先日、前撮りに行ってきた。前撮りというのは、結婚式より前の日にドレスや着物、衣装に身を包んで記念写真を撮影することだ。式で使うウェルカムボードやムービーなどに写真データを使用することも多いため、式の数か月前に撮る人が多いらしい。

今回私は小石川後楽園での撮影を予定していたので、二週間前から天気予報と睨《にら》めっこする日々が続いていた。「天候が悪い場合は二日前に延期するか決行するかの判断をお願いします」とスタッフの方には言われており、複数の天気予報サイトを見てはあでもないこうでもないと頭を悩ませる羽目になった。だってiPhoneと気象庁とYahoo!では降水確率がちょっとずつ違うんだもの。さらに雨だったり曇りだったりと一日ごとに天気の表記も変化する。

二日前に決行の判断をして当日に雨が降ったらどうしよう。だけど延期したとして、仕事の都合上次に撮影予定を入れられるのは来月六月になってしまう。六月なんて、梅雨の真っ最中だ。雨になる確率はさらに増えるのではないか……。さぁ、どうする!?

　こんなにも天気について考えたのは、学生の頃ぶりだ。よくよく考えると、学校生活というのは天候に左右されていた。最初に思い浮かぶのは体育。屋外の授業やプールの授業は雨によって体育館や座学に変更になった。それから遠足！　朝の天気予報を見て、中止かどうか判断しますというやり方だった。修学旅行や文化祭、体育祭といった特別なレアイベント系は軒並み天候の影響を受けた。

　しかし大人になると在宅ワーカーとなったため、天気予報をほとんど気にしなくなった。雨が降るかどうか気にするのはディズニーランドに行く時ぐらいだろうか。大人になると自分の都合で予定が決められるようになって楽だなーと感じていたが、もしかするとその要因は日々の生活から屋外のイベントが減ったことなのかもしれない。そもそも運動会や体育祭みたいな屋外のイベントが好きじゃなかったからこんな仕事をしている可能性すらある。というか十中八九そうだ。

　ただ、屋外を動き回るのは苦手な私も、綺麗な風景を見るのは好きだ。庭園を散歩するのがお気に入りで、東京に来てからは色々と散策したりしている。季節の移り変わりを楽しむのが好きで、同じ場所に何度も行ったりもする。前撮りの場所を庭園に決めたのもそれが理由だった。

　そういえば中学校で『枕草子』を習った時に、「ＯＬのブログと思って読めばいいよ」と友達にアドバイスされたことがある。

　春はあけぼの。夏は夜。秋は夕暮れ。冬はつとめて。

　あけぼのは明け方、つとめては早朝という意味だ。最初にこの文章を教科書で読んだ時、「私ってば清少納言と気が合うー！」と思った。「同じ感覚を持っているということはもしかして私にも文学的才能があるのでは⁉」と胸を高鳴らせたのだが、どう考えても時代を超えて共感できる文章を書き残した清少納言が凄いだけだった。

　庭園を歩いていると、昔の人々もこんな風に天気に一喜一憂したりしていたのだろうかと思う。雨の日は気が塞ぐこともあるが、雨粒が傘にぶつかって立てるバツンバツンという音を聞くのは好きだった。濡《ぬ》れて濃くなった緑は美しいし、揺れる水面《みなも》もまた趣深い。

　とはいえ！　前撮りで雨なのは困る。せっかく予約した着物を濡らすわけにはいかないからだ。「どうにかして時空が歪《ゆが》んで快晴にならないかなー」と天気予報を毎日確認していたが、結局二日前になっても天気は曇りのままだった。天気予報を見る。降水確率は40%。

こんなもん、運ゲーやないか。

「やっぱり断ろう……次のタイミングだったら降水確率0%かもしれないし」

よく言えば慎重派、悪く言えば心配性の私は「延期します」とスタッフの人に伝えることに決めた。午後、打ち合わせが終わったらこちらから電話を掛けようと思っていたところ、昼休憩時間に突然電話が掛かって来た。

慌てて電話を取ると、スタジオのスタッフからだった。開口一番、彼女は元気よく言った。

「良かったですね。明日の降水確率、10%みたいですよ！」

「ええっ!?」

そんなことある？　と私は心底ビックリした。何をどう調べたか分からないが、スタッフの方の検索方法ではそういう結果になったらしい。「ターイムッ！」と私の心の審判が叫んだ。一度中断してネットで調べると、降水確率は30%にまで下がっていた。

10%がどこからでた数字なのかは謎だが、明らかに状況は良くなっている。

昨日と同じサイトを見て10%も下がっているということは、これはもう当日は大丈夫なのではないか。でも30%……ポケモンの攻撃だったら『ふぶき』の命中率が70%なので、外れる確率が30%だ。いや、全然ありえるな!?（分かる人にだけ通じる例えになってしまった）

悩みに悩んだ挙句、私は結局「決行します！」と返事することにした。ノーリスクでない選択肢を排除し続けると、いつかその判断そのものが大きなリスクとなってしまう。リスク無しに得られるものなど、この世に存在しないのだ！

そして当日、天気は無事に曇りだった。降水確率は20%となり、最後まで雨は降らなかった。そして曇天だったおかげで庭園にはあまり客がおらず、撮影はすこぶる順調に進んだ。なるほど、塞翁《さいおう》が馬《うま》とはこのことか。

撮影していると、たくさんの方から「おめでとう」と声を掛けていただいた。見知らぬ人からお祝いしてもらうのはくすぐったかったが、おめでたいことを皆で分かち合うと嬉しい気持ちになるんだなぁとしみじみ思った。

幸せなことがあるのは素敵なことだ。悲しいことがあるよりも、ずっと。

天職と天敵と締め切り

恋とはどんなものかしら。噂によると、心臓のドキドキが抑えられず、頭からそれが離れない。寝ても覚めてもそれのことばかり考えてしまって、やらなきゃいけないことまで手につかない。息苦しさが募っていって、だけどそれがあることにホッとしている自分もいる。

こういう存在に私は心当たりがある。ずばり、「締め切り」だ！

そんな冗談はさておき、私は今、現在進行形で複数の締め切りに追われている。締め切りが迫ってくる！　嫌だ嫌だと暴れ回りたいところだが、私も大人なので、全然気にしてませんよーという顔を外ではしている。それにしても、締め切りとはなんて恐ろしい響きだろう。英語だとdeadlineである。デッド！　なんて物々しい単語がくっついてるんだ。こんなもん、大人が怖がるのも当然に決まってる。

今月は特に仕事がむちゃくちゃで色んな締め切りがいっぺんにやって来てしまったのだ

けれど、作家と締め切りは切っても切れない関係なので、締め切りについて書いてみようかなと思う。自分の仕事論みたいなものを語るのはどこか照れくさいが、もしこれを読んでいる作家志望の人がいたらちょっとは参考になるかもしれないし、全くならないかもしれない。

作家デビューしてすぐの頃は、締め切りというものに憧れていた。散々情けないことを書いたが、そもそも締め切りがあるというのはとてもありがたい話だ。売れてない頃には、締め切りなんてものは存在してなかった。無名の作家の原稿なんて誰も待ってないし、そもそも書き終えた原稿が本として形になるかも分からない。「書き終えたら送ってくださいね、いつでもいいですよ」というのが新人作家に対するよくあるパターンじゃないかと思う。私がデビューしたのは二〇一三年で今から十年近く前のことだから、状況は変わっているかもしれないけれど。

二冊目の『響け！　ユーフォニアム』を書いた時も、目安として何月ぐらいまでに書きますという話はしていたけれど、それだってゆるふわっとした約束で、絶対に守らなきゃいけない期限のようなものではなかった。三冊目以降はアニメと連動していてガチガチに締め切りがあったので、そのギャップには結構混乱させられた。「響け！　ユーフォニアム」シリーズの二巻、三巻、「ヒミツの話」は確か、三か月連続刊行だった。一冊でも遅れると次の本の発売にまで影響が出るので、死に物狂いで書いていた。大学に行って、アルバイトして、サークルに行って、原稿書いて……というスケジュールだったので、大学三、四年生の頃が一番キツかった。あの時に感覚がマヒしてしまったのか、卒業して専業作家になった時はとっても楽になったと思った。私が刊行予定を詰めがちなのも、この時の経験のせいですぐに「ま、いけるでしょ！」と根拠のない確信を抱きがちだからかもしれない。

最初の頃は勝手がわからず、仕事は全て引き受けるようにしていた。だけど依頼が増えるにつれて、このままじゃパンクするのでは？　と怖くなったので、今では自分の許容量を超えないように仕事を受けるようにしている。私の場合はスケジュールを管理してくれるマネージメント担当者（東京の母）がいるので、かなり助けられている。彼女はデビュー作から宝島社での私の担当編集であり、「響け！　ユーフォニアム」シリーズも彼女のおかげで完結できたといっても過言ではない。本当に、頭が上がらない存在だ。

私は幼い頃から予定を組むのは大好きなのだが、予定を守るのは大の苦手だ。自分のできる仕事量を見誤りがちなので、ストップを掛けてくれる大人が身近にいるというのは心強い。

私の中の理想の刊行ペースは一年に三冊〜四冊。三か月に一冊ずつのペースだと、頑張って働いたなぁ〜と感じる。二か月で初稿を書き、残り一か月で色々と仕上げて……というのが大体のパターンだ。連載などで変則的になることもあるが、基本的にずっとこのペースで書いている（ただ、これが成立していたのは本の仕事だけをしていた時で、現在は多分野で仕事をしているせいでペースが崩壊している）。

刊行予定を埋めるのは大体二年くらい先まで。それ以上は決めない。この時期にこの本、次にあの本、その次に……というのを最初から決めていて、時期が来るとそれを淡々と形にしていく。プロットは早めに書いておく方なので、執筆にとりかかる時は数年前の私からバトンを受け取るという形だ。

下準備は完璧。だが、気分が乗らないというのが最大の敵だ。「やりたくないスイッチ」が一度でも入ると、本当に仕事をやりたくなくなる。原稿を書くことは大好きだが、このスイッチは最強なのでどうしても勝てない。そういう時は一文字も書かず、一日中寝たり、ゲームをしたりする。「やりたくねー」と二日くらいソファーの上で連呼していると、なんだかどうでもよくなってパソコンに向かえるようになる。そして原稿をやる、の繰り返しだ。

私は自分の家が大好きなので、基本的に外に出ない。仕事の時は一応、仕事着に着替える。Amazonでまとめて買ったスキニーパンツだ。二年くらい前からスティーブ・ジョブズ理論を採用し、十着ほど同じものを購入した。毎日同じデザインだがちっとも飽きない。むしろ、余計なことに頭脳を割かずに済むから楽だ。やはりジョブズは正しい、と聞きかじった知識で勝手にジョブズに共感している。本当は彼のことをあまりよく知らない。

子供の頃は本を書くことは単なる好きなことであり、趣味だったけれど、今では仕事としてのシステムが確立されている。好きなことを仕事にしたからといってずっと好きなことばかりやれるわけでも、ずっと楽しいことばかりというわけでもないが、それでもこの仕事に就いて良かったなと思う。私の天職だ。そして、締め切りは私の天敵だ。だが、締め切りがなければ私の刊行ペースが落ちることは間違いないので、天敵とも仲良くしていかねばならない。

ようやくこのエッセイも終わりが見えて来た。ちゃんと締めくったら、締め切りとがしっと抱擁し、自分へのご褒美

に近所のコンビニへハーゲンダッツを買いに行こうと思っている。私はクッキー＆クリームが好きだ。そして本当は、締め切りのこともちょっとだけ好きだ。

おなかは急に痛くなるもの

先日、胃腸炎になった。大の大人が腹を擦《さす》りながら四日間ほどベッドで寝込む状況というのは非常にテンションが下がるものだったので、こうなったらエッセイのネタにしてやる！　と己を奮い立たせることにした。ちなみに大人になってから胃腸炎になったのは二年ぶり五回目だった。新鋭強豪校の甲子園出場くらいの頻度である。頼むからもうちょっと弱小になって欲しい。

自慢じゃないが、私は昔からお腹《なか》が丈夫だ。賞味期限がちょっと切れていても問題ないし、朝からカツ丼やピザも食べられる。執筆時はお腹が空くのでとらやの羊羹《ようかん》を丸かじりしたり、大好物のトッポをドカ食いしたりもしている。31に行って、ポッピングシャワーとポッピングシャワーの二段アイスクリームを食べても全然平気だ。

しかしながら、胃腸炎はなる時にはなる！

ここ数年はコロナ禍ということもあって手洗いうがいはこまめにしているのだが、それでも寝込む時は寝込む。しかも大体心当たりがあるので、「あ〜、SOSのサインを無視していて身体さんスミマセン」と毎回反省する羽目になる。

過去を振り返ると、昔から疲労がたまると熱が出やすい体質だった。学校に週五で行くと「もう無理ー」となって翌週には欠席していたし、大学でバイトと授業が連続する時期は微熱が続いて下がらなかった。子供の頃から口蓋垂《こうがいすい》（いわゆる喉ちんこである）が腫れやすい体質で、ちょっと弱るとすぐに息苦しくなる。呼吸がしにくいから結果的に横を向いて寝る癖がつき、ベッドでダラダラする才能ばかりが磨かれた。

大学生の途中から腎臓の病気が見つかり、その治療の都合で扁桃腺の手術を受けたのだが、その時に初めて「普通の人ってこんなにのどちんこが邪魔じゃないのかー！」と本当にビックリした。もっと早くやっておけば良かった私的ランキングの堂々一位が扁桃腺の手術だ（ちなみに二位は親知らずの抜歯である）。

一口に胃腸炎といっても色々なものがあり、それぞれ原因となるウイルスが違うらしい。就活のために東京に行った時にはランチで食べた海鮮丼が原因で散々な目に遭った。疲れている時に食べたせいか、イワシのお刺身に当たったのだ。京都行きの新幹線の時間が迫る中、トイレにこもってマーライオンのように胃の中のものを外へ吐き出していたのだが、ある程度胃が空っぽになると嘘のように元気になった。ただそれ以来、疲れている時には光り物のお刺身は避けるようになった。

今回の胃腸炎は疲労によるものだったらしく、分かりやすく高熱に襲われた。

二〇二二年は武田綾乃デビュー史上最も忙しい年で、色んなジャンルの仕事がとにかくめちゃくちゃ入っていた（大変ありがたいことである）。私もあたふたしているがマネージメント担当の東京の母もあたふたしていて、二人でどうしたもんかとスケジュール表と睨めっこしていた。そこにプライベートでのイベントが重なった（結婚式の準備）のと、夏がきて外気温が急上昇したことのトリプルパンチでダウンした。

ベッドで寝ていると熱は一日で引いたのだが、とにかくず――っとお腹が痛い。病院に行くのも一苦労で、できるだけ胃を刺激しないように水を飲むことも我慢していた。

ようやく診察してもらうと、お医者さんに「コロナのことばかり皆さん気にされますが、最近はお腹の風邪も流行ってるんですよ」と言われた。そりゃ他の病気だって当然流行ってるよな……としみじみ思った。

待合スペースには私と同じように腹痛で苦しんでいる様子の子供がいて、目が合うと何故か力強く頷《うなず》かれた。同志だと思われたのかもしれない。この子が物心ついた時には皆がマスクすることが当たり前になっていたのだと思うと、早くコロナが落ち着いてくれることを願わずにはいられなかった。

その後、三日ほど寝てすっかり元気になった私は、早速出前でカツ丼を注文した。揚げ物は身体に悪いと頭では分かっている。……が、脂質で構成された食べ物というものはなんでこんなに美味しいのか。美味しいものを我慢する人生を送るくらいなら太ってもいい！　をモットーに生きているので、結局サイドメニューでフライドポテトもつけた。カロリーを感じられて最高だった。

若い頃は手あたり次第に仕事を入れてもプライベートの時間を犠牲にしたらなんとかなった。しかしアラサーになると、そうした無理がきかなくなってくる。

頑張ってくれている自分の身体をもう少し労ってやらなければ。そう思い、駅前にあるスタイリッシュな外観のお店でグリーンスムージーを買って飲んだ。草原を濾過《ろか》したみたいな、野生的な味だった。

口の中いっぱいに広がる草の風味を噛み締めながら、私は不健康になってもいいからコーラを飲もうと心に決めた。

「ゼクシィ」って意外と実物を見たことない

九月某日、結婚式をした。

入籍自体は二〇二一年の十二月末だったのだが、コロナの状況がどうなるか分からなかったのと仕事のスケジュールに鑑み、少し間を空けて九月に設定した。ところが、いざ蓋を開けてみると二〇二二年の夏はコロナが大流行。間を空けた意味とは……！（それでも九月にはある程度落ち着いてくれたので良かったが）

正直なことをいうと、昔からウエディングドレスに憧れるタイプではなかった。結婚式はあげなくてもいいと思っていたし、もしもいつか結婚したらウエディングフォトか、もしくはこぢんまりと親族だけで食事会程度のものでいいなと思っていた。

しかしいざ結婚してみると、相手は結婚式をしたいタイプだった。私は結婚式をしなくてもいいと思ってはいたが、したくないわけではなかったので、「小説のネタにもなりそうだし、いっちょやるか！」と早速結婚式場を探しに行くことにした。

私は一度やると決めたらめちゃくちゃ張り切るタイプなのである。

ところで皆さんは、「ゼクシィ」を買ったことはあるだろうか。一説によると、結婚したいと相手に匂わせる時に使う伝説のアイテム。それが「ゼクシィ」である。結婚＝ゼクシィという図式が一体いつから我々の意識に刷り込まれているのかは分からないが、少なくとも私は本屋さんで「ゼクシィ」を見たことがなかった。多分、探したことがなかったせいだ。

プロポーズの後、すぐさま検索した言葉が「ゼクシィ」だった。ネットによると、コンビニで売られているらしい。えぇ!? そんな身近なところに！ と思い、家の裏のコンビニに行くと、確かに「ゼクシィ」が置かれていた。その表紙が放つキラキラウフフなハッピーオーラは他の本に紛れていてもすぐに識別できた。

驚くべきはその分厚さである。辞書くらいの厚みがあり、完全に鈍器だ。さらにいうと、値段が三百円だった。この厚さで!? オマケもついているのに！ 一体何がどうなってるんだ……。

家に帰って早速中を開くと、中には関東の結婚式場の情報がぎっしりと詰まっていた。婚約指輪に結婚指輪に結婚式場に新婚旅行。ハッピーワードが目白押しの紹介ページ、さらには結婚が決まってからの行動予定表、エトセトラ、エトセトラ。

分かった！　「ゼクシィ」って結婚が決まってからのチュートリアルブックなんだ！　とそこで気付いた。世の中の人々が一体どこで入籍に至るまでの道のりを学んだのか謎だったのだが、その全ては「ゼクシィ」に詰まっていたようだ。

確かに、両家顔合わせなんて言葉、独身の時には使うことを想像したことすらなかった。経験しないと分からないことってあるもんだ。とても便利だったので、もしもこの先結婚の予定がある人がいたら一冊は「ゼクシィ」を買ってみることをオススメする。

さて、「ゼクシィ」を買って以降の九か月は結婚式の準備をしていた。一番大変だったのは会場選びだ。振り幅はあればあるほどいいと思い、東京の結婚式場・レストラン・ホテルの見学会に申し込んだ。ホテルは二軒、和装に強いところと洋装に強いところだった。結婚式場の見学会は大抵の場合試食ができるため、足を運ぶ度に美味しいものが食べられた（大体どこもミニサイズの和牛ステーキが出て来る）。最初は結婚式ってどこでやっても同じじゃない？　とぼんやりと考えていたのだが、いざ会場に足を運ぶと全く違っていて面白い。

結局、ゲストがアクセスしやすいという点とコロナ対策がしっかりしているという点でホテルにした。結婚式場が素敵だったので洋装に強いところにしようと決めた。

準備を進める中で最も短時間で決まったのはドレスだった。私はあまりドレスにこだわりがなかったのですぐに決まった。結婚式は新婦のドレス選びが一番大変だと風の噂で聞いていたので、「これで八割方決まったようなもんでしょー」と調子に乗っていたところ、そこからの打ち合わせがまぁ大変だった。

招待状のデザイン、ムービーの手配、会場の装花や食器に、テーブルクロス、引き出物等々……。こんなにも自分たちで決めることがあるのか！　と正直圧倒された。こだわりが多ければ多いほど、結婚式の準備って大変になるんだろうな。

そう思うと、今まで当たり前に参加してきた結婚式のことも色々と考え始める。元々私は他人のお祝いをするのが大好きなのだが、二十代前半の頃は友人のドレス姿にばかり注目していた。あの子たちも多分、こんな風に休日を使って準備してくれていたんだろう。今誰かの結婚式に行ったら、もっと色々な気配りを受け取れるようになっているのにな。は～、友達の結婚式に行きたい。

さて、結婚式の当日は生憎《あいにく》の天気で、なんと前日に台風がやって来ていた。東海道新幹線が午前中まで運休しており、以前にもこのエッセイに書いた高校時代の友人Sはなんと京都から北陸新幹線を使って来てくれた。ルームシェアをしていたNちゃんは運休が解除されてすぐに急いで来てくれた。大変な時にでもお祝いに駆けつけてくれる友人がいるというのは、本当にありがたいことである。親族たちは飛行機で前乗りだったので、会場のホテルに泊まってもらっていた。最初は結婚式なんてやってもやらなくてもどっちでもいいやと思っていたが、ドレスの支度を終えて親族控室に行った時、高齢の祖母が目を潤ませているのを見て「あ〜、やって良かったな〜」と心底思った。母も結婚式はどっちでもいい派だったのに、いざ挙式の最初にヴェールダウンする時になったら泣いていた。泣くの早っ！　と思ったが、私も何故か泣きそうだったので結局ツッコむことはできなかった。

結婚式や披露宴というものは、家族や親族、友達といったゲストのためにやるお祭りなんだとその時に実感した。自分たちが幸せにしているところを見て喜んでくれる人がいる。それってなんて恵まれたことなんだろう。ミニマリズムが流行る昨今で、結婚式という派手な文化が今なお残っている理由が理解できた気がした。

ちなみに、私は結婚式をやるなら余興は絶対謎解きがいい！　と最初から決めていたので、普段から謎解きイベントを開催しているSCRAPへの依頼ありきで会場を探していた。当日、披露宴会場で放たれた「謎解きは卓ごとに行います！」という司会者の陽気な一言が、来てくれていた友人作家たちに多大なプレッシャーを与えたらしい。特にミステリー作家で構成されていた卓は「絶対に負けられねぇ！」という強い意気込みで謎に挑むこととなったそうだ（ハプニングがありつつも無事に謎を最後まで解いていた。流石である）。

結婚式が終わるとすぐさま結婚式ロスがやって来て、なんだか祭りの後のような寂しさに襲われた。結婚式が終わって欲しくない、準備はやりたくないけどもう一度同じ式を挙げたい！　……が、幸か不幸か、仕事のスケジュールがミチミチに詰まっていたため、余韻に浸っている時間はあまりなかった。結婚式ロスになるのは多分良いことなんだろう。当日の式が楽しかったということだから。

一点だけ後悔していることがあるとしたら、歩きづらすぎて靴が見えるほどにドレスの裾を持ち上げてしまったことだ（腕の筋肉が無さすぎるせいでちょうどいい高さを維持できなかったため、百回やったら百回ともドレスの裾を持ち上げていたと思う。筋肉、大事である）。ベルサイユ宮殿で生きていた人々は毎日こんな生活をしてたのか!?　とコルセットをぎゅうぎゅうに締めあげられながら思った。ドレスを美しく着るのって、本当に大変だ。ドレス姿で身軽に動くディズニープリンセスたちは実はかなりのマッチョに違いない。

祭りの後は、また日常がやって来る。ドレスはとっても可愛いけれど、毎日着るならば
ユニクロのスキニーとTシャツの方がいい。
結婚生活って、きっとそういうものなんだろう。

終章……私についてのあれやこれやの話

文豪の猫（上）

このエッセイの依頼を最初に受けた時に、絶対に書こうと決めていた話がある。冒頭に書いた先住猫、バロンのことだ。アメリカンショートヘアという種類だというが、色と柄からよく雑種と間違えられていた。私の大好きな家族だ。

私は普段ラブストーリーなんて全く読まないくせに、宝島社が開催していた日本ラブストーリー大賞から選考委員の推薦という形でデビューした。その小説賞に応募するため、原稿を綴《と》じるための巨大穴あけパンチを買いにホームセンターに行った日に、母が売れ残っているバロンを見て飼うと決めた。十九歳の夏の日のことだ。

我が家と動物の縁は深い。母方の実家は代々農家で、牛や鶏なんかも飼っていた。そういえば、小さい頃に寝ている黒毛和牛の背中に乗り、めちゃくちゃ叱られたことがある。大人になってから振り返ると子供が牛の背中によじ登るなんてありえないくらい危険なのだけれど、幼い私は妙な万能感に満ちていた。動物は私のことを絶対に好いているという謎の自信があったのだ。目撃した祖母はさぞ肝が冷えたことだろう、二十数年前の話だけれどあの時の祖母の顔は度々思い出す。

　そういうわけで、私は動物に対して人一倍好かれる自信があった。全くもって根拠のない自信だ。バロンが初めて家に来る日、私は塾講師のアルバイトの予定が入っていた。時計と睨めっこしながら、早く来ないかとソワソワしていると、車から母親が猫の入った段ボールを持ってきた。当時は中学生だった六歳下の弟も、反抗期であることを忘れて興奮していた。段ボールの中で、生後八か月のバロンはそれはもう可愛い声で鳴いていた。環境が変わって不安だったのだろう。「開けるよ」と母親が言い、箱の蓋を開けた。バロンは大興奮で、いそいそと段ボール箱から飛び出した。「わいやで！　猫やで！」と言わんばかりの態度だった。私が恐る恐る手を出すと、バロンは私の膝に乗った。しかもそのまま、喉をゴロゴロと鳴らし始めたのだ。なにこれ可愛い……と私は思った。歩いていても座っていても、そっぽを向いていてもとにかく可愛い。永遠に見ていられるわー、と心の底から思った。だがしかし、アルバイトの時間が迫っている。私は泣く泣くバロンと別れ、その日は上の空で授業をした。

　家に帰ると、バロンは既に我が家に馴染《なじ》み、落ちているペットボトルの蓋で元気よく遊んでいた。順応が早すぎない？　とちょっと思った。子供が初めて立ったところを見逃した親のような気分だった。ペットボトルの蓋は大抵冷蔵庫と床の隙間に入って行ってしまうので、我が家の冷蔵庫の下は大変なことになっている。

　こうしてバロンが新しく家族に加わり、生活が一変した。一番分かりやすく行動が変わったのは弟で、中学校からすっ飛ぶようにして帰って来るようになった。喋る言葉も増え、居間にいる時間も増えた。バロンを見ているだけで気持ちが明るくなり、毎日が楽しくなった。そうこうしているうちに、私の作家デビューが決まった。デビューの連絡が来たのは、私の二十歳の誕生日の夜だった。あまりにできすぎているな、と我ながら思った。

　デビュー作を夏に出版し、二作目の『響け！　ユーフォニアム』はその年の冬に出版した。数か月後にアニメ化が決まり、いよいよ自分の運の良さが恐ろしくなった。アニメ化の報告を編集さんから受けた日は、バロンにちょっと高めのエサをあげた。母親はバロンのことを「招き猫やな」なんて言っていたけれど、確かにバロンが家に来てから私の仕事はトントン拍子に上手くいっていた。

　大学四年生になり、アニメが放送される頃にはバイトを辞めて家にいる時間が増えていた。就活は最初の数か月で早々に諦め、なし崩しで専業作家になることに決めた。大学の授業もゼミと卒業論文作成ぐらいだったので、とにかくバロンと一緒にいた。そしてとにかく小説を書いていた。

　バロンはノートパソコンのキーボードの上を歩くのが好きで、私の画面では見たことのない現象がよく起こっていた。急に最小サイズになるウインドウ、主人公の台詞に挿入される謎の文字列。その度にバロンを抱きかかえ、別の場所に移動させていた。それを繰り返すとバロンも諦め、最後はノートパソコンを背もたれにして眠る。私の仕事が終わるのを、毎日じっと待っていた。

　バロンと過ごしていて一番幸せなのは、冬の夜だ。寝る時、布団に入って来てくれる。だが、最初から布団に入ってくれるわけではない。人間がまず布団に入り、布団の中が十分に温まったなというタイミングで隙間を空けろと寄ってくる。布団を微《かす》かに持ち上げると私の横で丸くなる。薄眼を開けると、腕の中に眠っている猫がいる。その幸福感たるや、凄《すさ》まじいものだった。私は指先でバロンの背中を撫《な》でながら、気付けば眠りについていた。

　家にいる時間が多いからか、バロンは家族の中で私に一番懐いていた。だが、私がそう主張すると弟は決まって「バロンは俺のことが一番好きや」と言い張っていた。彼の抱く謎の自信には私も心当たりがあったので、「アホやなぁ」と鼻で笑った。幸せな時間だった。猫は十五年ほど生きると聞いていたから、まさかこんなにすぐにバロンが死んでしまうとは、想像もしていなかった。

文豪の猫（下）

大学卒業後、私は上京して友達Nちゃんとルームシェアを始めた。東京での暮らしは楽しかったが、バロンと離れ離れになってしまうことは悲しかった。猫は忘れっぽいというから、私のことなんてすぐに忘れてしまうのではないかと心配で仕方なかった。

だが、母親からの電話でそれが杞憂《きゆう》であることを知った。「バロンが今日、玄関にダッシュしてたのよ」と電話越しに母は言った。

「ヤクルトのお姉さんがうちに営業に来たんやけど、声が高いからアンタやと思ったんやろね。お姉さんの顔を見てめちゃくちゃガッカリして、リビングにトボトボ戻って行ったで。可哀想やったわ」

やけにしんみりと言われ、私もすぐさまバロンに会いたくなった。人間とは電話でいつでも喋れるのに、動物とは電話で言葉を交わすことができないのが悲しい。私の声を探して家の中を彷徨《さまよ》うバロンを想像し、胸が痛んだ。私はすぐに新幹線のチケットを買い、京都へと向かうことにした。専業作家はしがらみがない分、フットワークが軽いのだ。

玄関の扉を開けた途端、バロンは私をじっと見て「にゃー」と鳴いた。バロンは滅多に鳴かない猫だったから、「どこ行ってたんや」と文句を言っていたのかもしれない。バロンは私の脚に頭を一度だけ擦りつけ、それからしばらく私がどんなに声を掛けても無視を決め込んでいた。「私のこと待ってたんちゃうん？」とちょっとだけ思った。どうやらバロンは「怒ってるんやぞ」とアピールしているようだった。バロンが私の鼻に自身の鼻を押し当てて挨拶してくれるまでには、それから三時間ほど掛かった。

その後も定期的に実家に帰っていたので、バロンは私のことをたまに帰って来るヤツとして認識してくれるようになった。バロンは私が帰宅するとやたらと喜び、ずっと脚に纏《まつ》わりついていた。

バロンには妙な癖があった。私の実家には二階に洗濯物を干す部屋があるのだが、そこから毎回、私の服をくわえて一階へと降りてくるのだ。母親の服でも弟の服でもなく、絶対に私の服だった。Ｔシャツなんて可愛い方で、時には自分の身体の数倍あるワンピースを引きずっていた。そして寝ている私の前に服を置き、「獲物や」と誇らしげな顔をするのだ。多分、バロンは私のことを自分の子供か弟分だと思っていた。

バロンのガンを見付けたのは私だった。上京して一年後だ。弟が私に送ってくれたバロンの写真に、奇妙な違和感を覚えたのだ。「猫背」という言葉があるくらい、猫の背中は元々丸い。そしてその丸い背中に、こぶのようなものが張り付いていた。母が動物病院に連れて行ったら、切ってみないと分からないが恐らく悪性の腫瘍だと言われた。なんで気付かないんだと当時は家族に対して腹を立てていたが、毎日徐々に大きくなったのだとしたら気付かないのも仕方ないのかもしれなかった。嫌なアハ体験だ。バロンはすぐに手術を受け、アイスをスプーンでくり抜くみたいに腫瘍のある部分の筋肉を削り取った。縫合痕は痛々しかったが、手術後のバロンは元気だった。刈った毛も次第に生え揃い、全てが元通りになったと思った。

　バロンが再び体調を崩したのは、それから二年程経ってからだった。十月に母親から電話が掛かって来た。急激にバロンの体調が悪化したという知らせだった。ガンだったから、元々身体が弱っていたのかもしれない。「年を越せないと思ってください」とお医者さんは言っていたらしい。

　私は仕事があり、元々年末には実家に帰る予定だった。だが、その間にもバロンは弱っていった。十一月の夜、母は電話越しに「もうだめかもしれん」と涙声で言った。お医者さんに腹水を抜いてもらって以降、餌を食べることを拒否してずっと窓際で横になっているらしい。呼吸も浅く、いつ死んでもおかしくないと母は言った。午前三時まで仕事をしていた私は、そのまま徹夜で始発の新幹線に乗った。後悔するのが怖かった。

実家に辿り着いたのは午前八時頃で、家族は皆仕事に出かけていた。いつもは私が帰るとバロンが玄関まで迎えに来るのに、その日は気配すら朧気《おぼろげ》だった。私はバロンを驚かさないように足音を殺して居間へ向かった。誰もいない家の中で、バロンのヒューヒューという浅い呼吸音だけが聞こえていた。バロンは生きていた。そのことに、まずはホッとした。

私が頭を撫でると、バロンは横たわったまま目だけをこちらに向けた。体温も低く、弱っていることは明らかだった。餌も二日ほど食べていないらしい。死にたがっているのかもしれないと思った。名を呼ぶと、バロンは力なく尻尾《しっぽ》を振った。いつもの尻尾の振り方とは明らかに違う、微かな動きだった。このまま一週間ほど実家にいて、バロンの死を見届けよう。そう、私は心に決めていた。それでも少しの希望を持って、私は餌のカリカリをバロンの口に近付けた。「食べへんの？」と私が言うと、バロンは体勢をそのままに一粒だけカリカリを食べた。「普通に食べるやん」と思わず心の声が漏れた。私はカリカリを手の平に載せ、バロンの口に再び近付けた。バロンはぺろりと平らげた。そうこうしているうちに元気になったのか、バロンは立ち上がり、がつがつと皿から餌を食べ始めた。さらにはカリカリだけでは飽き足らず、私の膝に手を置いてちゅ～るまで要求し始めた。「めっちゃ元気やん！」と私は泣き笑いした。どうやらバロンの死ぬ死ぬ詐欺に引っ掛かったようだ。勿論、ちゅ～るはあげた。

夕方になって帰宅した母は、のろのろと歩いているバロンを見て泣いた。「バロン、普通に餌食べたで」と私が報告すると、母はさらに泣いた。「アンタの前やと弱ったらあかんと思うのかもね」と母は言った。その後バロンは自分で皿から餌を食べるようになり、どんどんと元気を取り戻していった。シーバもモンプチも、ありとあらゆるご褒美餌を食べ尽くした。もしかするとあと二、三年は生きちゃうんじゃないの、と私は何度も言った。そうであって欲しかった。

一週間はあっという間に過ぎ、私は再び東京へと戻らねばならなかった。「年末も帰って来るからね」と私はバロンに何度も言い聞かせた。私が東京にいる間に死なないで欲しかった。それから、バロンのことを思うと事あるごとに涙が出るようになった。意味のない涙だった。ガンから二年も経っているのだ、バロンはたくさん頑張った。そう心のどこかでは分かっていた。ただ、受け入れる心の準備をするには時間が必要だった。

私が次に帰省するまで、バロンは生きていた。やはり餌を食べるようになったのが大きかったらしく、以前に帰省した時より元気になっているように見えた。バロンのために私は仕事のスケジュールを調整し、二週間ほど京都に滞在することにした。今度こそバロンを看取《みと》ろうと思っていた。あまり外に出ず、ずっとバロンの傍《そば》にいた。私が近くにいると、バロンはずっと喉を鳴らしていた。弱ったバロンは昔より甘えたがりになっていた。

バロンは私の前では見栄《みえ》を張りたがった。こたつに飛び乗ろうとしたり、階段を上がろうとしたり。できないヤツと思われたくなかったようだが、弱り切った身体ではそれも難しかった。もしかすると、私がいるせいでバロンは死ねないのかもしれないな、とも思った。苦しくても、私が泣いていると無理して応えようとする。私にだけは心配を掛けまいとする。やはり、バロンの中で私は子供で、面倒をみてやらなければならない相手なのかもしれなかった。結局、私が仕事の都合で東京に戻る日が来てもバロンは生きていた。よたよたと歩き、帰る私を玄関まで見送ってくれた。

東京に戻っても一月の間は毎日母親にビデオ電話を掛けた。バロンの様子を見るためだ。バロンは確実に衰弱しており、ついにはほとんど同じ場所で寝て過ごすようになった。私は東京でやらなければいけない仕事があり、これが終わったらすぐに京都に帰ると母親には言っていた。母親は無理しなくていいと曖昧に笑った。弱ったバロンは目が見えていたのかも怪しかったが、私の声には反応した。通話越しに呼び掛けるとうっすらと尻尾を振って応えてくれた。毎日、今日が最後かもしれないと思った。バロンはお気に入りの毛布の上で丸まっていた。自分でトイレもできなくなり、昔に比べて随分と痩せ細った。これが生き物の死なんだ、と漠然と思った。人間の死もこうやって訪れるのだろうか。

その日の晩も、私は仕事をしていた。原稿に追われていたが、気分は最高だった。お昼にとても良い知らせがあったからだ。吉川英治文学新人賞にノミネートされたという知らせだ。これまで小説賞とは無縁の人生だったので、候補に上がったという事実だけで嬉しかった。電話で報告すると、母は「やっぱりバロンは文豪の猫やったな」と大袈裟な喜び方をした。自分は文豪なんてものには程遠いが、バロンに幸運を引き寄せる力があるのは本当かもしれないとは思った。バロンは私の喜ぶ声を、じっと耳を澄ませて聞いていた。「あと二日で京都に帰れるからね」と私はバロンに声を掛けた。

それから三時間後、母から再び電話が掛かってきた。バロンが死んだという知らせだった。

母は私の帰省に合わせ、ペット霊園で葬儀を行うことにした。あの後、母はバロンの亡《なき》骸《がら》を綺麗に洗い、小さな箱に綺麗な花と一緒に収めた。「もしかすると、アンタの嬉しそうな声を聞いて安心したのかもね」バロンの亡骸にようやく会った私に、母はそう微笑み掛けた。

バロンの遺体を燃やすのは不思議な感覚だった。人間と同じように骨を拾い、骨壺《こつつぼ》に収めた。霊園からの帰り道、私はずっと骨壺を撫でていた。骨になってすらバロンは可愛いかった。人間の遺骨を食べた人の話を聞いたことがあったけれど、今ならその気持ちが分かると思った。

長い峠を車で下りながら、母は桜が咲く時期になったらまた手を合わせに行こうと言った。思い出話をぽつぽつと語りながら、私は明日からはまた小説を書こうと心に決めた。

そうでないときっと、バロンが心配してしまうから。

あれから桜の季節はとうに過ぎ、バロンが死んで数年が経った。現在実家で暮らしているムタは暗闇が嫌いなので、絶対に布団の中には入らない。それでも私は実家に帰ると、つい癖で布団の隙間を空けてしまう。私の傍にやって来たバロンがこっそりと入ってきてくれるのではないかと、心のどこかで期待している。

10年を振り返って

二年半ほど連載していたこのエッセイも、ついに終わりを迎える。何について書こうかと悩んだが、やはり最後は自分の好きなものやこれまでについて振り返って書こうと思う。
二十歳で作家デビューした私も、ついに三十歳である。デビューしてすぐの頃、一冊目以降本が出せなくなったらどうしようと怯えていたことを考えると、現在は随分と恵まれた環境で仕事をすることができている。

今は色々なジャンルの仕事をさせてもらっていて、すぐに形になるものから、世に出るまで数年単位で時間の掛かるものまである。ジャンルの違う業界の人と共に仕事をするのは学びが多く、新鮮で楽しい。私はチームで行う仕事が好きなので、他人と意見を交換しながら物を作っていくのは性に合っている。

だが、それでもやはり最終的には本を書くのは良いなと毎回思う。小説は基本的に作品制作に関わる人数が少ないため、作家の個性が色濃く出やすい。予算を考える必要も、技術的な限界もない。本の中では私はハリウッド映画のようなセットを作ることができるし、過去にも未来にも時間を飛ばすことができる。多くの媒体と比較して、文字は自由だ。それが私が本を好きな理由でもある。

今はそんな風潮はあまりないと思うが、私が学生の頃はラノベやアニメを好きだと大声で言うことは憚《はばか》られる時代だった。オタクという言葉は悪口として使われ、学生だった私はそうしたレッテル貼りから逃れるために必死だったように思う。ニコニコ動画を見ていることを友達に話せたのは高校からで、中学時代は変なＭＡＤを夜な夜な見ていることは間違いなくトップシークレットだった。

音楽だとRADWIMPSやハチ（米津玄師）が流行していて、滑舌勝負のような歌詞をiPodに入れて聞いていた。ネットではボーカロイドが流行っており、カラオケはボカロが収録されているという理由でジョイサウンドを選んでいた。友達とカラオケに行くと、『magnet』をデュエットするのがお約束だった（同世代の人間であればきっと共感してくれるだろう）。

当時、ネットは少しだけ秘密の場所だった。人間の醜さと愉快さと素晴らしさが混在していて、そのカオスと上手く付き合える者だけがいた。現在はＳＮＳの台頭によってネットは全ての人間に開かれた場所となったが、十代の時に感じていたアングラ感が時折懐かしくなる時がある。

当時好きだった作家は？　と聞かれると、答えが無数に出て来て困る。辻村深月さん・綿矢りささんは勿論のこと、伊坂幸太郎さん・小野不由美さん・恩田陸さん・東野圭吾《けいご》さん・森絵都さん・森見登美彦さん・宮部みゆきさん……名前を挙げきれないほどの本を読み、それが今の私を形作っている。ラノベだと「涼宮《すずみや》ハルヒ」、「バイトでウィザード」、「9S」、「キノの旅」、「デュラララ!!」などのシリーズを好んで読んでいた。中学時代はラノベの表紙をクラスメイトに見られるのが少し恥ずかしくて、ブックカバーを付けていた。今時の子はどうしているのだろう？　あんなにも素敵な装丁を必死に隠そうとしていた過去の自分を思い返すと、かなり切ない。好きなものを隠さなければいけないのは辛いから、堂々と表紙を見せることが普通になっているなら良いなと思う。

（これは余談だが、私は電車やカフェなど家の外で本を読む時はブックカバーを付けないようにしている。自分の好きな本を少しでも宣伝したいからだ。たまに電車の隣の席に座っている人が自分の好きな本を読んでいるのを見掛けると、「どうだ、面白いだろう」と謎のマウントを心の中でとってしまう）

本は思春期の私を救ってくれた。本さえあれば、無限にある時間も怖くなかった。長い通学時間も、一人で過ごす休み時間も、本が私を支えてくれた。もしも今私が書いている作品があの頃に私に寄り添ってくれた本のように誰かを支えていたならば、こんなに嬉しいことはない。

デビュー作の『今日、きみと息をする。』を書いたのは十九歳の夏休みだった。その頃の私は若者特有の新鮮な感性とそれまでに蓄えて来た多くのアイデアを持っていた。自分の好きなものを泥団子みたいにこねくり回し、一つにまとめ、磨き上げる。若さというのは希少性が高く、それだけで価値があると自覚していた。だからこそ早くデビューしなければという焦りがあった。作家デビューすることそのものが夢だった。

二十歳の時に前述の作品を出し、その後で『響け！　ユーフォニアム』が発売された。それからは正直、激動の十年だった。長い休みを取ったことはなく、常に原稿のことが頭にある。専業作家として生きていくことは子供の頃からの夢だった。だが、実際に夢が叶ってみると、そこが通過点に過ぎなかったことに否《いや》が応でも気付かされる。作品を作り続けなければ、作家は作家でいられない。それが時折、無性に苦しい。

自分ではこの十年間、走り続けて来たと思っているのだが、それが何故か加速したのが二〇二二年だった。自分のキャパを超えた仕事量に何度かダウンしてしまい、色々と反省している。私はもしかすると自分が思っているよりも器用ではなく、自分が思っているよりも能力が足りていない。さらにいうと、自分が思っているよりも体力もない。それでも今、こうして仕事をさせてもらえていることに感謝している。

自分に失望するのは私の幼い頃からの得意分野だが、大人になると「そういうの、もうええから！」とネガティブを力ずくで吹き飛ばさざるを得ない時もある。繊細だった十代の私と比べると、もやしが大根になるくらいの精神的変化があった。二〇二三年の私は一味違うぜ！　と無根拠に思えたりもする。

結局のところ、私は本が好きなんだろう。しんどい時もあるが、結局は本を書くことに強い楽しさを見出《みいだ》している。作家という仕事は、私にとって天職だ。いつまで続けることが許されるかは分からないが、できる限り本を書き続けていきたい。

本書は、ＷＥＢ「小説丸」にて二〇二〇年五月～二〇二一年十二月にかけて連載したものを、加筆・改稿して書籍化したものです。

装画
日高直人

文中絵
武田綾乃

装幀
岡本歌織 (next door design)

武田綾乃（たけだ・あやの）

1992年、京都府生まれ。2013年、第8回日本ラブストーリー大賞隠し玉作品「今日、きみと息をする。」でデビュー。2作目となる「響け！　ユーフォニアム」シリーズが累計170万部の大ヒットとなる。2021年『愛されなくても別に』で第42回吉川英治文学新人賞を受賞。他の著書に『青い春を数えて』『その日、朱音は空を飛んだ』『嘘つきなふたり』などがある。

編集　室越美央
　　　庄野　樹

なんやかんや日記　京都と猫と本のこと

二〇二三年六月十九日　初版第一刷発行

著者　武田綾乃
発行者　石川和男
発行所　株式会社小学館
〒一〇一-八〇〇一　東京都千代田区一ツ橋二-三-一
編集　〇三-三二三〇-五七二〇　販売　〇三-五二八一-三五五五
DTP　株式会社昭和ブライト
印刷所　萩原印刷株式会社
製本所　株式会社若林製本工場

造本には十分注意しておりますが、印刷、製本など製造上の不備がございましたら「制作局コールセンター」（フリーダイヤル〇一二〇-三三六-三四〇）にご連絡ください。
（電話受付は、土・日・祝休日を除く九時三十分～十七時三十分）

ISBN 978-4-09-389121-9